KB099209

은목서, 그 맑은 향기

은목서, 그 맑은 향기

정혜옥 나무에세이

책머리에

나무에 관한 글을 쓰고 싶었다. 나무의 모든 것을 표현하고 싶었다. 나무와 나와의 관계도 밝히고 싶었다.

나무에 관한 전문적인 지식은 없다. 다만 나무에 대한 애정 하나로 나무를 찾아가고 집으로 데리고 오고 또 떠나보내고 하며 살아왔었다. 행복하였다.

나무는 언제나 바람 때문에 흔들리고 있었다. 흔들리고 있는 나무 곁에서 함께 마셔대었던 바람의 맛, 함께 감당했던 바람의 세력, 그렇게 나무와 바람과 나는 삼각관계를 만들며 살아왔었다. 위로가 되었다.

내가 심어놓은 나무들을 자주 바라본다. 이제 내 키의 몇 배가 된 나무의 높이, 나는 그 큰 키를 따라잡을 수가 없다. 다만 고개를 치켜들고 올려다 볼 뿐이다. 나보다 더 풍성해진 나무의 둘레, 그 그늘에 앉아 가만히 쉴 뿐이다.

여섯 번째 수필집을 엮는다. 이번에는 나무에 관한 수필이다. 나무에게 진 빚을 조금은 갚는 것 같아 마음이 가볍다.

함께 묶은 수필 중에 이미 출간한 책에 수록되었던 글도 몇 편 있다. 나무수필을 한데 모으고 싶은 욕심 때문에 그렇게 하였다. 그 글들도 이제 다른 나무 수필 속에서 심심하지 않을 것이다.

나무를 만나러 갈 때, 또 나무를 데리고 올 때, 항시 동행해 준 남편과 나무 곁에서 손뼉 치고 환호해준 자식들과 손자손녀들, 그들과 함께 이 책을 엮는 기쁨을 나누고 싶다.

수필선집인 『풍금소리』, 수필집 『강물을 만지다』 그리고 이번 나무수필집 『은목서 그 맑은 향기』를 기꺼이 출간해 주는 선우미디어의 이선우 사장님께 깊은 감사를 보낸다.

2011년 5월

앞산 밑에서 정혜옥

정혜옥 나무 에세이

은목서, 그 맑은 향기

차례

2 탱자나무 앞에서 흙과 놀다

3 커다란 굴참나무 밑에서

4 백양나무에게 다가가다

1 매화, 육백년을 살다

매화, 육백년을 살다

그 매화나무에 대한 소문은 오래 전부터 귀에 들려왔었다. 지리산 밑에 있는 깊은 산골, 모든 것이 사라지고 없는 빈 절터, 육백년이나 나이를 먹은 나무, 이런 말들이 복합되어 매화나무의 소문은 언제나 신비롭고 아득한 느낌을 갖게 하였다.

매화나무 이야기를 최초로 들려준 사람은 어떤 골동품 점의 주인이다. 골동품 가게에서 그림 한 폭을 보게 되었다. 매화도였다. 굵은 나무 등걸에 매화가 듬성듬성 피어있는 수묵화였다. 연대는 물론 낙관조차 희미한 매화 그림에는 먹물의 향기가 강약을 이루며 번져 있었다.

주인은 매화도의 격조와 가치를 설명하며 지리산 가까이 있는 절터에 수령이 육백 년이 넘는 매화 한 그루가 살고 있다고 말했다. 그리고 이 매화도와 그 매화나무는 서로 닮아 있다고 하였다.

그날, 나는 파초가 그려져 있는 사기대접 한 점을 사오며 파초 잎에 떨어지는 빗소리만 떠올렸을 뿐 매화 그림도, 절터에 있다는 매화 이야기도 이내 잊어버렸다.

두 번째로 그 매화나무의 말을 듣게 된 것은 십삼 년 전, 청매(靑梅) 두 그루를 뜰에 심을 때였다. 나무를 땅에 묻던 식물원 노인이 운치 있는 매화목이 되기까지는 긴 세월이 필요하다고 하며 지리산 근방에 있다는 오래된 매화나무의 소문을 또 알려주었다.

우리는 그날, 한 번도 본 적이 없는 매화나무를 두고 많은 말을 하였다. 노인은 깊은 연륜 때문에 나무의 모습은 노쇠해 보이겠지만 그러나 당당하고 기품 있게 서 있을 것이라 했고, 나는 반대로 더욱 크고 웅장하게 자라나서 꽃향기를 백 리 밖까지 뿜어대고 있을 것이라 하였다. 노인은 매화나무의 의지를, 나는 매화나무의 화려한 감성을 이야기했던 것 같다.

그 후, 어떤 분의 분재 전시회에 갔었다. 소나무, 느티나무, 소사나무 등 여러 종류의 수목들이 화분 위에서 곡예를 하듯 성장하고 있었다. 하늘을 향해 거침없이 솟아오르는 것이 나무의 생리이라고 알고 있는 나는 분재의 모습이 매우 답답하게 느껴졌다.

나의 이런 기분을 짐작한 듯 옆에 있던 사람이 분재에 대한 설명을 해주었다. 제멋대로 뻗어나는 분방한 성장력을 좁은 공간 속에서 격조 있게 다스리는 것이 분재의 참뜻이라고 하며 분재에는 절제된 아름다움과 나무의 겸손한 정신이 함축되어 있다고 했다.

그분은 또 지리산 근방에 있는 단속사 옛 절터에 거대한 분재와도 같은 매화나무가 있다고 하였다. 육백 년이나 나이를 먹었다는 매화나무를 일컫는 것 같았다.

지난겨울, 몇 차례 독한 감기를 앓았다. 그때, 무병장수하며 오래 살고 있다는 매화나무가 갑자기 보고 싶었다.

이른 봄날, 매화꽃이 필 때쯤 나무를 만나러 길을 떠났다. 나는 장엄한 매화나무와의 만남, 그 인연을 생각하며 어린 시절, 우리 집 마당가에 있던 꾸부정한 매화나무도 떠올리고 산비탈에 초연하게 서 있는 외로운 매화도 떠올렸다.

단속사 절터의 위치를 물어가며 실상사 옆길도 지나고 높고 험한 밤 머리재도 넘었다. 덕천강 어귀에서 소떼들과 길을 가고 있는 노인을 만났다. 그분은 "운리에 있는 절터 말이군. 거기 늙은 매화나무가 살고 있지." 하며 가는 길을 알려 주었다.

절터에 닿았다. 솔밭 사이로 당간 지주 두 개가 나타나더니 곧 삼층석탑 한 쌍이 눈에 들어왔다. 솔거의 유마상이 있었다는 융성했던 절의 모습은 흔적이 없고 매화나무도 보이지 않았다. 쏴쏴 불어대는 댓 잎 소리와 봄날의 적요만이 절터를 지배하고 있었다.

어디서 꽃향기가 풍겨왔다. 매화 향기였다. 향기를 따라 갔다. 향기가 멈추는 곳, 아, 거기 우리가 찾아 헤매던 매화나무가 있었다. 골목 안에 숨어서 향기를 뿜어대고 있었다.

육백 년이 넘는 아득한 세월 동안 더욱 높고 웅장하게 하늘로 솟아 있을 나무, 사방팔방으로 가지를 뻗어 구름 떼처럼 꽃을 달고 있을 나무, 그러나 매화나무는 그런 모습이 아니었다.

굵은 나무 등걸에 비하여 키는 더욱 낮아지고 먼 시공(時空)의 풍화 속을 견디어 온 듯 매화나무는 소슬하고 고독하게 서 있었다. 다문다문 꽃을 달고 있는 나무는 한 그루 거대한 분재처럼 그렇게 절제되어 있었다. 정당매 (政堂梅)라는 칭호까지 얻은 매화나무는 지리산의 정기를 받으며 오랜 장수를 누리고 있었다.

육백 년의 세월, 우리가 짐작조차 할 수 없는 막막한 세월동안 매화나무가 바라보았을 이 세상 모든 것, 그가 본 세상은 어떤 것이었을까. 아름다운 것이었을까. 슬픈 것이었을까.

매화나무와 나란히 서서 나도 세상을 건너다본다. 영원불변하는 지리산도 보이고 지리산을 지탱하고 있는 암울한 바위도 보인다. 산자락에 붙어있는 밭이며 길도 보인다. 모든 길들은 산에서 끝이 나 있다. 사람이 떠나고 없는 빈집도 보인다. 마당에는 잡초들이 우묵 장승처럼 솟아있다. 흥망과 성쇠 속에서 영원히 남아있는 것과 또 남아있지 못하는 것, 그 구분이 확실해진다.

이런 쓸쓸한 기분을 가라앉히기 위해 사진 한 장을 찍었다. 매화나무는 서서, 나는 잠시 쉬어가는 길손의 모습으로 나무 밑에 앉아 나란히 사진을 찍었다. 꽃 이파리 한 개가 어깨위로 떨어진다. 나의 몸에 붙어 잠시 머물던 꽃 이파리는 다시 다른 방향으로 날아가 버린다.

지리산 산바람이 불어왔다. 그 바람은 매화나무와 인간을 갈라 놓으려는 듯 소리를 내며 우리 사이를 뚫고 지나갔다.

이팝나무 밑에서 밥을 먹다

한 달 동안 꽃 속에서 살았다. 매화가 피고지고, 산수유 꽃이 피고지고 앵두꽃이 피고 졌다. 양지꽃도 피고 졌다. 분홍 목단이 꽃 댕기처럼 피어나더니 닷새가 지나자 색이 변하여 갔다. 열흘 붉은 꽃이 없다는 말이 생각났다. 꽃은 피어나서 황홀하고 이울기 때문에 쓸쓸하다. 유정(有情)한 꽃. 유정한 봄날이 마음을 아프게 한다.

며칠 전부터 '이팝나무 꽃이 피었다.' 하는 소문이 들려왔다. 꽃 구경을 나섰다. 조급증 때문에 아침밥을 먹는 것도, 몸치장을 하는 것도 잊어버렸다. 식탁 위에 있는 밥과 반찬으로 도시락을 쌌다. 흰 쌀밥에 무말랭이 무침, 멸치볶음을 통에 담았다.

앞산 순환도로에 갔다. 가로수의 어린 이팝나무가 꽃을 달고 있다. 빈약하다. 늠름한 장년의 나무로 자라기까지 좀더 세월이 걸릴 것이다.

큰 나무를 찾아 산으로 갈까, 들판으로 갈까, 궁리를 하였다. 문득 자인 성당에 있는 오래된 이팝나무가 생각났다.

거목인 그 나무를 처음 만난 것은 육년 전, 성당의 신부님을 찾아 갔을 때였다. 시인이기도 한 본당 신부님이 이팝나무 이름을 알려 주었다.

자인 성당으로 갔다. 아무도 없었다. 꽃을 피운 이팝나무만이 눈부시게 서 있다. 바람 따라 흔들리고 있는 꽃송이들, 구름 떼 같았다. 정오의 햇빛을 받은 흰 꽃의 넉넉한 모습이 사기그릇에 담긴 쌀밥처럼 보였다. 갑자기 배가 고팠다.

우아한 나무와의 만남, 아름다운 꽃과의 만남이 이루어진 지금, 꽃의 형상을 보고 흰 쌀밥을 연상하다니, 배고픔을 느끼다니, 정결한 꽃 앞에서 조금 부끄러웠다. 이팝나무에 얽힌 전설이 생각났다. 밥과 굶주림에 관한 슬픈 이야기이다.

이팝나무 밑에 점심상을 펼쳤다. 나는 밥 한 숟갈 입에 넣고 꽃 한 번 쳐다보고 반찬 한 젓갈 집어먹고 꽃 냄새를 맡으며 식사를 끝냈다. 무말랭이 맛을 볼 때는 잘게 쓴 무를 가을볕에 건조시키며 먹을거리를 준비하던 옛 어머니가 생각났다. 젓가락으로 멸치볶음을 집을 때는 멸치에 붙어있는 작은 눈이 자꾸 보였다. 황토밭과 무, 바다와 멸치, 넓은 황토밭과 푸른 바다 위에 어른거렸을 농부와 어부의 고달픈 모습도 떠올랐다.

논에 못자리가 만들어질 즈음의 늦은 봄날, 보릿고개를 넘긴 사람들 눈에는 이팝나무 꽃송이가 사발에 담긴 흰 쌀밥처럼 보였을까. 긴 봄날의 배고픔이 밥 한 그릇에 대한 갈망으로 정신을 어지럽게 하였을까.

일곱 살 정도의 여자아이 둘이 성당 마당으로 들어온다. 손에 보리쌀로 만든 조리퐁 과자와 새우깡 한 봉지가 들려있다. 아이들은 이팝나무 꽃을 본체만체 하며 바삭바삭 과자를 먹어댄다.

아이들에게 이팝나무 꽃이름을 물어보았다. "하얀 꽃." 하며 간단하게 대답을 한다. 그렇다. 아이들 눈에는 흔히 볼 수 있는 흰색의 꽃으로만 보일 뿐 쌀밥에 얽힌 꽃의 슬픈 이름이며 배고픔 같은 슬픈 내력은 알 길이 없을 것이다.

아이들이 빈 과자봉지를 흔들며 뛰어 다닌다. 아이들의 활기찬 모습을 보며 언제나 배가 고팠던 옛 아이들을 나는 생각한다. 긴 봄날의 비애를 떠올린다.

아카시아 꽃을 따먹던 아이들, 찔레 순을 꺾어먹던 아이들, 논에서 올비를 캐어먹던 옛 아이들이 기억난다. 군데군데 마른버짐이 피어있던 아이들의 낯빛과 들바람에 풀썩거리던 거친 머리카락이며 무명치마 밑으로 보이던 빼빼 마른 종아리들이 생각난다. 그리고 논두렁 밭두렁을 걸어 이팝나무 밑으로 갔을 옛 농부들의 가난한 마음을 헤아려 본다.

농부들은 이팝나무 꽃송이를 보고 한 해의 벼농사를 점쳤다고 했다. 꽃이 풍성하게 달려있으면 풍년이고 빈약하면 흉년이 든다고 믿었었다. 그들은 이팝나무 아래에서 한가하게 꽃구경을 한 것이 아니고 삶의 절박한 심정으로 꽃을 보았을 것이다.

이팝나무 꽃을 다시 올려다본다. 그리고 오늘의 꽃구경, 그 의미를 생각한다. 희고 작은 꽃이 서로 어울려 보여주던 순결한 기쁨, 만개한 꽃 밑에서의 배고픔, 이팝나무 높은 꼭대기에 걸려있는 흰 구름 떼의 움직임, 그것이 환희였을까. 고통이었을까. 구름과 같은 자유로움이었을까. 알 수가 없다.

소태나무를 찾아가다

입이 쓰다. 밥을 먹을 수 없다. 온갖 음식을 턱밑에 갖다 대며 먹기를 권하던 가족들이 나중에는 "안 먹으면 죽는다." 하고 협박까지 하였다. 그러나 나는 음식 보기를 원수 보듯이 했다. 몸을 침범한 감기는 오랫동안 나를 지배하였고 입맛이며 기력이 모두 달아나 버렸다.

약을 지으러 한의원에 갔다. 사람들이 콜록콜록 기침을 하고 있다. 어떤 여자가 소태처럼 쓴 입맛 때문에 밥을 먹을 수 없다고 하며 바닥에 주저앉는다. 힘이 없어 보였다.

'소태같이 쓴 입맛.' 이 말은 지난 날, 우리 어머니에게서 자주 들었던 말이다. 어머니는 밥상 앞에 앉으실 때마다 "소태나무 씹은 것처럼 입이 쓰다." 하시며 수저를 들었다 놓았다 하실 뿐 식사를 잘 못하시었다. 그 때 어머니가 말씀하시던 소태나무 이야기를 다시 듣고 있다. 그 쓴맛을 입안에 고인 채 어머니가 겪었던 고통을 나도 지금 겪고 있다.

온몸에 쓴맛을 휘감고 있는 소태나무, 문득 호기심이 생겨났다. 나무의 모습이 매우 못생기고 가시처럼 삐죽삐죽할 것 같았다.

봄이 되자 조금씩 입맛이 돌아왔다. 어떤 진수성찬보다도 깻잎 장아찌 한 접시가 입맛을 되돌려 주었다. 나는 '고마운 깻잎.' 하며 깻잎 반찬만 먹어대었다.

힘이 생기자 소태나무에 대한 관심이 또 일어났다. 어떤 나무일까. 어디에 살고 있을까. 나무의 어느 부분에 쓰디쓴 맛을 저장하고 있을까. 뿌리일까, 열매일까, 잎사귀일까, 궁금하였다. 소태나무를 찾아가서 쓴맛의 근원을 확인하고 싶었다.

어떤 사람이 달창 저수지 가까운 곳에 소태나무가 있다고 말해 주었다. 우리는 서쪽으로 가는 편한 길을 두고 일부러 남쪽 길을 택했다. 헐티재를 넘어가기 위해서이다. 이제 아무리 찬바람이 불어와도 끄떡도 않는 나의 몸을 높은 헐티재 위에 한 번 세워보고 싶었던 것이다.

저만치 못물이 보였다. 달창 저수지이다. 삼거리의 매운탕 집에서 소태나무에 대해 물었다. 그러나 주인도 손님도 알고 있는 사람이 없었다.

북쪽으로 높은 산이 솟아 있다. 길을 따라 그쪽으로 갔다. 마을이 나타났다. 지붕에 이끼가 낀 기와집과 무너져 내린 흙 담, 꾸부정하게 서 있는 감나무 등 오래된 마을 같았다. 노인 몇 사람이 길가에 앉아 있다.

세상의 일손을 모두 놓은 듯 그림자처럼 우두커니 있다. 소태나무의 위치를 물었다. 한 노인이 "산 밑에 있는 당산나무 말이군. 무슨 연유로 동네의 당산나무를 찾아가시오?" 하며 경계하듯 쳐다본다.

소태나무 이름은 한 번도 입에 담지 않고 당산나무라는 말만 두 번이나 되풀이했다. 오래된 집, 오래된 나무, 오래된 사람들이 소태나무에게 가는 길목을 지키고 있다.

산밑에 닿았다. 소태나무가 한눈에 들어왔다. 마을 입구에 있는 나무가 소태나무임을 쉽게 알아볼 수 있었던 것은 나무의 허리를 감고 있는 금줄 때문이었다. 당산나무의 표시이다.

소태나무는 수문장처럼 서서 동네 앞에 버티고 있다. 수령이 오백 년이 넘는다고 표지판에 씌어 있다. 나무는 지금 한창 잎을 피우고 있는 중이다. 연둣빛 잎이 마주나기를 하며 돋아나고 있다. 생명의 윤회(輪回)를 거듭하고 있다.

고색창연한 기와집에서 나온 안노인이 우리 곁으로 왔다. 그 때 나는 나뭇잎을 따려고 하던 중이었다. 소태의 쓴맛을 확인해보기 위해서이다. 그는 설레설레 손을 저으며 만류했다. 당산나무에게 손을 대면 절대로 안 된다고 했다. 무안하였다.

나는 무안을 감추기 위해 소태나무에 관해 물어대었다. 쓴맛에 대해, 꽃과 열매에 대해 물었다. 그는 "나무 구석구석까지 쓴맛이 퍼져 있소. 잎사귀, 껍데기, 줄기, 뿌리에도 있소. 콩알 만한 열매도 있고 꽃도 있소." 하였다. 덧붙여서 위장병에 효험이 있지만 당산나무인 이 소태나무만은 건드리면 안 된다고 말했다. 그저 바라만 보라고 한다. 그의 완강한 모습이 동네 지킴이인 당산나무와 닮아 있었다.

소태나무를 본다. 땅 속 뿌리에서부터 나무의 맨 끝가지까지 흘러 다니고 있을 쓰디쓴 수액의 길을 따라가듯, 나무의 모습을 몇 번이고 훑어보았다.

오백 년의 아득한 세월동안 쓴맛으로 온몸을 무장하고 또 그 쓴맛을 지키며 서 있는 소태나무, 그것이 소태나무의 의지였을까, 한(恨)이었을까. 울분이었을까.

소태같이 쓴 입맛 때문에 항시 고통받고 있던 어머니, 그 쓴맛이 어찌 입맛뿐이었을까. 삶의 고비 고비마다 마셔야 했던 인생의 쓴맛은 또 얼마나 많으셨을까.

오후가 되었다. 서쪽에 고여 있는 못물 위로 바람이 일고 바람은 못 둑을 넘어 소태나무에게까지 왔다. 나무의 잔가지들이 쏴쏴 소리를 낸다. 몸에 두른 금줄도 춤을 춘다. 한차례 의식을 치르고 있는 것 같다.

이윽고 안노인도 집안으로 들어가 버리고 우리도 소태나무 곁을 떠났다. 점심을 먹지 않았는데도 배가 고프지 않는 것은 소태의 쓴맛이 다시 내게로 고여온 때문인가. 당산나무의 신통한 영험이 배고픔 따위의 인간의 고통을 물러가게 했기 때문이었을까.

돌아오는 길, 우리는 오래된 마을을 다시 지나왔다. 노인들이 여전히 묵은 길을 서성이고 있다.

복사나무 앞에서

아버지와 우리는 복사꽃 앞에서 사진을 찍었다. 나란히 서서 찍기도 하고 복사나무 등걸에 기대어 찍기도 했다. 분홍색 꽃 이파리들이 아버지의 어깨 위에도 우리 발밑에도 흩어져 내린다. 향기롭고 화사한 봄날의 오후이다.

이번에는 아버지 혼자 복사꽃 앞에 서서 "내 독사진을 찍어라." 하신다. 아무도 곁에 못 오게 하시고 혼자만 찍기를 원하신다.

옛부터 아버지는 사진 찍기를 좋아하셨다. 온 가족이 들찔레 앞에서 찍은 사진도 있고 강물 곁에 몰려서서 사진을 찍은 기억도 있다. 그런데 오늘 굳이 혼자만 사진을 찍으려 하심은 어인 일일까.

아버지는 지금 중병에 시달리고 계신다. 온몸에 병색이 완연하시다. "본인의 뜻대로 다해 드리십시오." 의사가 한 이 말은 너무나 두려운 의미를 내포하고 있다.

아침식사를 하시다가 그만 수저를 놓으신 아버지가 "한 바퀴 휭 돌아 복사꽃 구경이나 가자." 하셨고 아버지의 뜻을 따라 지금 교외로 나온 길이다. 분홍빛 차일을 쳐 놓은 것 같은 복숭아밭 앞에서 아버지는 차를 멈추게 하시고 "지난 날 자주 왕래하던 곳이다."라고 하신다.

오늘 따라 아버지는 말띠고개니 아름내(美川)니 장재리니 새미골이니 하며 옛날에 듣던 지명들을 자꾸 들먹이신다. 한 바퀴 휭 돌아보자 하시는 말씀 속에는 이런 땅들에 대한 그리움이 담겨 있었던 것이 아니었을까. 이 지명들은 아버지가 근무하셨던 학교로 가는 길목에 있기도 하고 교장 관사가 있던 동네 이름이기도 하다.

산골 학교에서의 아버지의 모습이 생각난다. 아침 조회 때면 운동장에 모인 학생들 앞에서 훈화를 하셨다. 단위에 높이 서신 아버지는 언제나 주위를 한차례 둘러보시고는 말씀을 시작하시었다.

소나무를 보시고는 '소나무의 푸른 기상', 대숲을 보셨으면 "절개가 굳은 대나무", 혹은 하늘을 올려다보시고는 "가을하늘처럼 높고 큰 이상", 이런 방식으로 훈화를 하셨다.

어느 해 봄날이었던가. 분홍빛 과수원을 둘러보신 아버지가 "복사꽃이~" 하시고는 말끝을 더듬으셨다. 그러다가 한참 만에 "복사꽃이 피었다. 꽃같이 마음이 아름다운 생도가 되자." 하고 말씀의 끝을 맺으셨다. 나는 아름다운 복사꽃이니 꽃 같은 생도니 하는 의미보다 말을 더듬거리시는 아버지가 친구들 앞에서 민망하고 부끄러웠다.

아버지는 지금 그때의 열정적인 모습 대신 병든 몸으로 복사나무 앞에 서 계신다. 사진기를 손에 든 나는 갑자기 슬픔이 봇물처럼 가슴속에 차올라 빨리 사진을 찍을 수가 없었다.

눈물을 감추기 위해 사진기 속의 아버지의 모습을 들여다본다. 머리 위에 얹힌 모자와 푸른빛 넥타이, 금테안경이며 손에 든 지팡이, 아, 그리고 반짝이는 구두와 옷에 달린 단추들, 이런 것들이 아버지를 장식해주는 마지막 도구들임을, 그것들은 자식인 우리보다 더 아버지의 몸에 밀착되어 있는 존재들임을 깨닫는다.

나는 아버지가 사랑하는 이런 소품들 외에 이 세상 온갖 것을 사진 속에 담아 드리고 싶었다. 머리 위에 두둥실 떠있는 흰구름도, 산비탈에 일궈 놓은 청보리 밭도, 곧고 청청한 노송 한 그루도 담아 드리고 싶었다. 아버지가 서 계시는 복사꽃 배경 한쪽에 사람이 살고 있는 마을도 담아 드리고 싶었다. 무엇보다도 사진 속에 더욱 담고 싶은 것은 병든 아버지가 아니고 건강한 아버지의 모습이었다.

나는 웃고 계시는 아버지의 얼굴이라도 사진 속에 담고 싶어 "활짝 웃으세요. 좀 더 크게 웃으세요." 하고 소리를 질렀다. 그러나 웃을 듯 말 듯 아버지의 표정은 여전하시고 나의 목소리만이 건너편 산에 부딪혀 되돌아온다.

아버지 앞으로 다가간 나는 머리 위의 모자를 좀 더 비스듬히

씌워 드리고 윗옷의 단추를 푼 채 포켓에 한 손을 넣으시라고 했다. 그리고 지팡이도 잠시 치워 버렸다.

그렇다. 이제 아버지는 조금은 늠름한 모습이 되어 복사꽃 앞에서 계신다. 비스듬히 얹힌 모자가 얼굴의 주름을 가려주고 포켓에 손을 찌른 모습이 매우 멋스럽다. 아버지의 얼굴도 복사꽃 꽃그늘 때문인지, 아니면 몸의 열기 때문인지 술에 취하신 것처럼 불그스레하다.

드디어 아버지의 독사진을 찍었다. 찰각찰각 소리를 내며 두 번 세 번 셔터를 누를 때마다 굳이 독사진을 찍으려 하시는 아버지의 깊은 뜻이, 사진의 용도가 비수처럼 가슴에 와 닿는다.

복사나무 곁을 떠난 아버지가 기운이 쇠하신 듯 그만 집으로 돌아가자 하신다. 나는 차에 오르며 아버지와 우리가 사진을 찍었던 복숭아밭을 돌아본다. 그리고 깨닫는다. 나의 기쁨이 되어주던 분홍빛 복사꽃이 이제는 아픔이 되어 아버지가 계시지 않는 이 세상에서 해마다 피고 질 것임을.

드디어 차가 움직이고 떠나가는 아버지를 배웅하듯 복사꽃 자락들이 차창 밖으로 너울너울 따라오고 있다.

제피나무를 훔쳐 오다

언제부터인가 마당에 있는 큰 나무들이 갑갑한 느낌이 들었다. 오랫동안 한 자리만 지키고 있는 나무가 싫증이 나기 시작했다. 감나무, 무화과나무, 석류나무도 늙은 티가 완연하다.

이십여 년을 함께 살아온 목련나무를 다른 사람에게 주어 버렸다. 산수유와 앵두나무도 담 밑으로 밀어내었다. 나란히 있던 두 나무가 양쪽으로 갈라졌다. 마당에 내려서면 산수유를 보러 동쪽으로 갔다가 앵두나무를 보러 서쪽으로 왔다가 하며 매우 분주하다.

지난 해 봄부터 나는 또 나무심기를 시작했다. 어린 나무들을 살금살금 심어 대었다. 헛개나무, 음나무, 제피나무를 심었다. 헛개나무와 음나무는 한날한시에 집으로 왔다.

어떤 촌로가 자전거에 싣고 와서 팔고 있었다. 노인은 헛개나무를 허허나무라고 불렀고, 음나무를 은나무라고 불렀다. 앞니가 빠져 말이 헛김처럼 새어나온다고 했다. 공허한 웃음소리처럼 들리는 허허나무, 헛개나무라는 진짜 이름보다 노인이 불러준 허허나무라는 말이 듣기 좋았다.

음나무는 첫인상부터 밉상스러웠다. 온몸에 가시가 삐죽삐죽 나온 것이 정을 줄 수 없었다. 옆에 있던 쑥떡장수가 음나무 잎을 삶아서 무쳐먹으면 맛이 기가 막힌다고 했다. 참나물, 취나물 등, 나물 맛을 알고 있는 나는 기가 막힌다는 맛의 유혹에 끌려 음나무도 샀다. 나무 두 그루의 값이 구천 원밖에 되지 않았다. 그렇게 어린 새끼 나무들이었다.

헛개나무와 음나무를 남쪽 담 밑에 심은 후 비어있는 옆자리에 구덩이 한 개를 더 팠다. 빈 구덩이를 내려다보며 어떤 나무가 인연이 닿아 우리와 함께 살아갈 것인가 생각하였다.

제피나무는 훔쳐온 나무이다. 시골 장터에서 제피나무 열매를 한 종지 샀다. 추어탕에 넣기 위해서였다. 제피나무와 산초나무의 이름을 들먹이며 냄새를 맡아보고 있는 나에게 장사꾼 여자가 일부러 산에 가서 따온 것인데 제피나무와 산초나무는 같은 나무라고 하였다.

나는 즉시 반박을 했다. 제피나무는 봄에 꽃이 피고, 산초나무는 초가을에 꽃이 피는 나무라고 하며 책에서 읽은 대로 말해 주었다. 그는 내 말을 귀담아 듣지도 않고 "뭐라 해도 제피나무와 산초나무는 똑 같소." 하며 딱 잘라서 말을 했다. 나는 그만 입을 다물었다. 토담처럼 버티고 앉아 있는 산골 여자를 이길 자신이 없었다.

돌아오는 길, 산 밑 동네에서 쉬었다. 집집마다 참죽나무며 두릅나무들이 담 위로 솟아 있다. 오래된 감나무도 잎을 피우고 있었다. 대문 밖, 담 밑에도 모란꽃이며, 접시꽃 모종이 심어져 있다. 제피나무도 있었다. 일곱 그루가 넘었다. 문득 우리 집에 없는 제피나무가 탐이 났다. 주인을 찾아 안으로 들어갔다. 소리를 내어도 인기척이 없었다.

집안에는 탐이 나는 것이 많이 있었다. 골담초며 추자나무도 있고 산 작약도 있었다. 마당가에 걸어놓은 큰 무쇠 솥이며 방문 위에 붙어있는 사진들, 흰옷을 입은 할머니와 갓을 쓴 할아버지의 사진도 보였다. 내력이 오래된 집 같았다.

대문 밖으로 나와 제피나무 앞에서 걸음을 멈추었다. 옆집에서 여자가 나왔다. 나는 집주인의 행방을 물으며 제피나무 이야기를 하였다. 그는 "아, 그만 한 포기 뽑아가 버려요. 우리 아지매 집인데 주인이 알아도 아무 문제가 없어요" 했다. 키가 한 자 반 정도 되는 제피나무는 쉽게 뽑히었다. 여자와 나는 공범자가 되어 마주보며 웃었다. 이런 모습을 활짝 핀 모란꽃이 보고 있었다.

제피나무를 손에 들고 얼른 그 집 앞을 떠났다. 마을 입구에 머물고 있는 차에 올랐다. 나는 자동차가 십리쯤 가고 나서야 제피나무 이야기를 하였다. 남편은 물불을 가리지 않는 나의 나무 욕심이 어처구니가 없는 듯 혀를 찼다.

집에 돌아온 즉시 빈 구덩이에 제피나무를 심었다. 횡재를 한 기분보다는 나의 행위를 보고 있던 모란꽃의 환한 모습이 자꾸 떠올랐다.

'청도쌀집' 이라는 가게에서 쌀을 배달해 왔다. 쌀집 남자는 쌀을 갖고 올 때마다 청도 근방의 높은 산과 맑은 물을 자랑하며 좋은 쌀이라고 생색을 낸다. 그는 새로 심은 헛개나무와 음나무, 제피나무에게 관심을 보였다. 산골 출신의 표가 났다.

제피나무와 산초나무에 대해 물어보았다. 그리고 청도 근방에서 탐을 내어 훔쳐온 제피나무 이야기도 하였다. 그는 "유식한 사람들이 제피나무. 산초나무 하며 따로따로 구별하지요, 엄밀하게 말하면 같은 종류들이지요." 했다. 장사꾼 여자가 했던 말과 똑 같았다. 나는 이번에도 입을 다물었다. 집을 나서던 그가 말하였다. "나무 도둑과 꽃 도둑은 도둑이 아니요." 하였다.

나는 새로 심은 나무들을 큰 나무로 키우고 싶은 마음은 조금도 없다. 나의 눈높이만큼만 컸으면 좋겠다는 생각을 한다. 하지만 나무의 성장을 억제할 힘, 생명의 순리를 거슬릴 권리가 우리에겐 없다.

제피나무와 산초나무가 같은 종류의 나무인지 영 다른 나무인지는 좀 더 두고 공부를 해볼 일이다.

나무 땅으로 돌아가다

농부의 집을 찾아갔다. 내가 농부라고 부르는 사람은 골목 끝집에 새로 이사를 온 어떤 부부를 말한다.

골목에서 그들을 처음 마주쳤을 때 햇볕에 그을린 얼굴이며 팔뚝 등 도시 사람들과 달라 보였다. 방금 논두렁이나 밭두렁 위를 걸어온 것처럼 그들 몸에서 풀잎 냄새며 흙냄새가 났었다.

이사를 오자마자 그들은 버려져 있던 땅에 밭을 일구었다. 쓰레기더미가 차지하고 있던 폐허가 어느새 식물이 자라고 있는 농토로 바뀌었다.

그 후, 우리는 그들 집을 농부의 집이라고 불렀고 때때로 밭 앞에서 걸음을 멈추었다. 콩고물 같은 흙을 뚫고 솟아오르는 콩잎을 보기도 하고 쑥쑥 뻗어가고 있는 호박 넝쿨의 길이를 눈으로 재어보기도 했다.

우리도 마당 한쪽에 채소밭을 만들었다. 씨앗을 땅에 뿌리는 시기, 식물의 뿌리를 땅에 묻는 방법 등을 그들에게서 배웠었다. 이렇게 농사짓는 일을 통하여 서로 친해갔다.

오늘 내가 농부를 찾아간 것은 시름시름 앓고 있는 분재 한 그루를 살려내기 위해서이다.

몇 년 전, 일월산 골짜기에서 어린 새끼나무 한 그루를 얻어온 적이 있다. 집으로 갖고 온 나무를 마당에 심지 않고 화분에 심었다. 한 그루 분재가 되었다. 그 분재를 오동나무 장롱 위에 올려놓았다. 이름을 알지 못하는 나무 곁에서 일월산의 솔바람 소리며 청정한 산자락을 떠올렸다.

집에 온 손님이 분재를 보고 참나무 과에 속하는 도토리 종류인데 분재에는 맞지 않는다고 했다. 분재에 대한 취미며 안목도, 나무를 다루는 기술도 나는 없다. 오동나무 장롱 위가 허허하여 올려놓았을 따름이다.

어린 새끼나무에게 온갖 정성을 쏟았다. 물주기, 햇볕 쪼이기, 바람 쐬기 등 자식을 돌보듯이 하였다. 그렇게 작은 도토리나무는 우리 집의 좋은 자리를 차지하며 호강을 누렸었다.

가을이 깊어지자 매달고 있던 잎들을 모두 떨구어 내었다. 그리고 긴 겨울잠을 잤다. 뼈만 남아 있는 분재 곁에서 우리도 겨울을 보내었다.

봄이 왔다. 온 천지가 부산해졌다. 온갖 나무들이 봄을 맞이하느라고 호들갑을 떨고 있다. 시시각각으로 솟아나오는 풋 잎이며 땅 위에 고개를 내미는 새싹들, 잔칫집 같다. 그러나 집안에 있던 일월산의 분재는 소식이 없다. 앙상한 모습 그대로 가만히 있다. 죽어버린 것일까, 덜컥 겁이 났다.

가까이 있는 식물원으로 갔다. 주인 여자가 양분이 부족한 탓이라 하며 영양제 같은 것을 권하였다. 하지만 젊은 여자의 말에 신뢰가 가지 않았다. 하얀 얼굴이며 가녀린 팔뚝이 햇볕 밑에서 나무와 함께 살아가는 사람 같지 않았다.

농부가 생각났다. 그들 밭에 있는 싱싱한 채소가 떠올랐다. 식물의 생명을 돌볼 줄 아는 그 농부는 우리 집 분재도 살려낼 것 같았다. 농부가 일을 하고 있는 밭으로 갔다. 땅에 씨를 뿌리고 있었다. 잎이 트지 않는 도토리나무 분재 이야기를 하였다.

농부는 대뜸 "땅내를 맡으면 살아날 것이요." 했다. 덧붙여서 땅 속에 뿌리를 내리고 살아가는 것이 나무의 이치이라고 하였다. 그 말을 들으며 나는 "맞다, 맞다." 하며 마음속으로 맞장구를 쳤다.

도토리나무 분재를 마당으로 들고 나와 땅에 심었다. 동쪽 담밑, 청매화 곁에 자리를 만들어 주었다. 그가 태어났던 일월산 풍경에는 턱도 없지만 곁에는 산에서만 살고 있는 조피나무도 있고 산단풍도 있다.

옮겨 심은 나무에게 물주기를 한 다음 안도의 숨을 쉬었다. 이제 땅내를 맡은 도토리나무가 생명을 되찾을 수 있을 것이기 때문이다.

문득, 좁은 화분에 갇혀 있던 나무를 다시 땅으로 돌려보낸 나의 행위가 매우 장한 일을 한 것 같기도 하고 산 속에서 한유하고 있던 자유로운 나무를 억지로 도시에 데리고 온 것이 큰 죄를 지은 것 같기도 하다.

때가 되면 마침내 땅으로 돌아가야 하는 이 세상의 모든 것, 피고 지고 하는 삶의 순리를 수용하며 그 때를 향해 가고 있는 온갖 생명들, 문득 백년의 끝 아귀도 채우지 못하는 인간의 수명보다는 나무의 삶이 더 윗길에 있음을, 내가 한 평생 배워온 지식보다는 농부의 지혜가 생명의 경영에는 더 유익한 것임을 깨닫는다.

나는 내일쯤 또 농부를 찾아갈 것이다. 얼마만큼 기다려야만 땅내를 맡은 도토리나무가 잎을 피워 올릴 수 있는지, 하늘을 향해 키가 쑥쑥 클 수 있는지, 그 때를 물어보고 싶기 때문이다.

배나무 집

배나무 한 그루를 심은 후 뿌리 위에 흙을 덮었다. 이제 배나무는 우리와 함께 살아갈 것이다. 번성하고 장수하여 우리의 자랑이 될 것이다. 배나무 곁에 서 있으니 옛 친구의 편지 한 구절이 생각난다.

'배나무 집 마당가에서 뛰놀던 어린 시절에.' 유행가 같은 친구의 편지 구절은 멀고 먼 옛 기억 속으로 나를 이끌고 간다. 초등학교를 졸업한 후 집안에 들어앉아 살림 사는 법을 배우며 상급학교에 진학한 나를 부러워하던 친구. 지금쯤 초로의 여자로 변하여 있으련만 기억 속에는 어깨와 손목이 통통하던 소녀로 남아 있다.

아버지를 따라 산골에 가 있을 때였다 .같은 성씨가 집단을 이루고 있는 마을은 집집마다 내력이 깊은 가풍을 지니고 있었다. 집에 대한 명칭도 각각 다르게 부르던 생각이 난다.

새벽마다 닭이 홰를 치며 울던 옆집은 대밭이 우거졌다하여 대나무집이라 불렀고, 편지를 보내준 정이네 집은 은행나무집, 가을이면 붉은 감이 조롱조롱 매달리던 뒷집은 감나무집이라 불렀다. 어떤 외딴집은 냇가에 있다하여 냇집이라 하였고 대문간에 깊고 찬 샘이 있던 집은 샘집이라 부르기도 하였다. 그중 제일 기억에 남는 것이 배나무 집이다. 흔히 말하는 고래 등 같다는 기와집으로 안채, 사랑채, 행랑채 등으로 나누어져 있었다. 배나무는 안채의 뜰에 서 있었다.

배나무는 봄이면 흰 꽃을 흐드러지게 피워 올렸고 가을이면 익은 열매를 황금덩이처럼 매달곤 하였다. 배나무 집에는 혼인을 앞둔 처녀와 나와 같은 또래의 친구가 있었다. 나는 친구를 찾아 자주 배나무 집으로 놀러갔었다.

긴 여름날, 서늘한 대청마루 위에는 수틀을 손에 든 동네 처녀들이 둘러앉아 베갯잇이며 방석 같은 것에 수를 놓고 있었다. 넉넉한 주름치마 밑에 한쪽 무릎을 세우고 그 위에 팽팽한 수틀을 받치고 앉아 봉황이며 나비며 목단 꽃의 수를 놓았었다.

어린 우리는 마당가에서 배나무의 설익은 낙과를 주우며 큰 애기들이 수를 놓고 있는 모습을 황홀한 눈길로 올려다보곤 하였다. 높은 축대 위에서 들려오던 처녀들의 웃음소리며 손끝에서 휘날리던 오색 색실들은 어린 우리를 얼마나 감미로운 동경으로 인도하였던가.

처마 끝의 완만한 곡선이며, 언제나 열려있던 대문이며 흥성한 자손들로 하여 방마다 불이 환하게 밝혀지던 배나무 집의 모습은 타지에서 들어가 잠시 살다 떠나와 버린 나에게 산골생활의 아름다운 기억으로 남아 있다.

나는 지금도 어린 시절의 꿈속에서 그 마을을 본다. 시냇가의 물소리, 앞 뫼 봉에 부딪치던 여름날의 천둥소리, 명절날 긴 논두렁 길을 걸어가던 흰 두루마기의 행렬이며 교장관사 뒤, 찔레 덤불 속에 숨어있던 들새의 울음을 꿈속에서 듣는다.

산골 학교의 학예회, 삐걱거리는 무대 위에서 함께 서양 춤을 추던 친구의 모습과 그때 입었던 분홍빛 샤텐 치마의 출렁이던 자락이 눈에 보인다.

"와와" 하고 천지를 진동시키던 가을 운동회의 함성이며 한낮의 흥분이 사라진 넓은 운동장의 해질녘 적요와 찢기어진 만국기의 쓸쓸한 펄럭임을 꿈에서 본다.

꿈속에서 만나는 친구들은 언제나 자라지 않는 아이처럼 작고 촌스럽다. 어떤 때는 광활한 보리밭 사이를 어깨동무를 하고 우우 달려가기도 하고 어떤 때는 배나무 집 마당에서 뛰놀며 처녀들이 수를 놓고 있는 대청마루를 향해 높은 층계를 오르다가 그만 아쉬운 꿈에서 깨어나기도 한다.

오늘 새로 심은 어린 배나무 앞에서 옛 마을을 떠올림은 어인 일일까. 고래 등 같은 기와집의 부(富)와 번성, 그 풍요로웠던 기억이며 산골에서 누렸던 어린 날의 기쁨이 다시 불씨처럼 되살아남은 웬일일까.

우리 집 배나무에 꽃이 피면 나도 옛 친구에게 편지를 보내리라. '울긋불긋 꽃 대궐 차린 동네. 그 속에서 놀던 때가 그립습니다.' 하는 어릴 적 노래를, 노래 구절과도 같은 나의 그리움을 편지 속에 담아 보내리라. 그러나 산마을의 따뜻함을 거느리고 눈앞에 어른거리는 친구의 소식은 알 길이 막막하다.

어느 날 문득, 보배로운 기억들을 찾아 그 산골에 한 번 가보고 싶다. 그러나 그것이 슬픔이 될지, 기쁨이 될지, 알 수 없다.

탕탕 부서지고 없을 우리의 옛 집이며 퇴락을 거듭하고 있을 배나무 집을 본다는 것은 슬픔이 될 것이고 마을을 둘러싸고 있는 산천의 무변함과 아름다운 거목이 되어있을 배나무를 다시 본다는 것은 기쁨이 될 수 있기 때문이다.

은목서(銀木犀), 그 맑은 향기

은목서 나무 곁으로 갔다. 향기가 난다. 꽃이 피었는가. 잎사귀 밑에 흰 꽃이 숨어있다. 미세한 꽃 어느 부분에 향기가 저장되어 있을까. 경이롭다.

오늘 나는 일부러 은목서를 찾아왔다. 은목서 앞에서 하루를 보낼 작정이다. 설록차 한 잔과 인절미 한 접시와 책 한 권을 들고 왔다. 책은 여학교 시절, 아버지께서 생일 선물로 주신 것이고 은목서는 아버지가 직접 심어주신 나무이다.

십여 년 전의 어느 봄날, 친정집 뜰에 있던 어린 나무를 아버지께서 손수 뽑아 들고 오셨다. "이름이 은목서이다. 땅에 깊이 심어라" 하셨다. 그리고 "너의 생일이 시월에 들어있지 않느냐. 은목서는 시월에 꽃이 핀다. 향기가 마당에 넘칠 것이다" 이런 말씀도 하시었다. "꽃이 노란색으로 피는 것은 금목서, 흰색으로 피는 것은 은목서이다. 금목서는 향기가 짙고 강하지만 은목서는 향기가 맑고 은은하다"
하시며 은목서 향기를 금목서보다 더 윗길에 놓으셨다.

그날 나는 아버지가 들고 오신 은목서를 두 손으로 황급히 받았다. 아버지의 손에서 나의 손으로 직접 전달된 은목서를 매화 옆에 심었다. 아버지께서 은목서 뿌리 위에 흙을 덮어 주셨다.

다음날 집을 나서시던 아버지가 은목서 곁에서 말씀하셨다. "요사인 꿈을 자주 꾼다. 꿈속에서 옛 사람들을 자주 만난다." 하시었다. 이미 중병을 앓고 계시던 아버지는 다음 해 오월, 세상을 하직하셨다.

은목서 앞에서 생각한다. 왜 아버지는 은목서 향기를 맑은 향기라 하였을까. 화려한 금목서의 꽃이나 향기보다 은목서의 은은한 향기를 더 좋아하셨을까. 친정집 뜰에 있는 동백이니 오죽(烏竹)을 제쳐두고 왜 은목서 나무를 나에게 갖고 오신 것일까. 깊이 주무시지 못하고 왜 자주 꿈을 꾸고 계실까. 꿈의 내용이 무엇이었을까. 꿈속에서 만났다는 옛 사람은 어떤 분들이었을까. 이런 생각을 하였다.

어쩌면 아버지는 꿈속에서 할아버지 할머니를 뵈었던 것이 아닐까. 꿈속에서 만난 부모님에게 외동아들의 외로움을 고해 드린 후, 혼자 소스라치며 잠에서 깨어나신 것이 아닐까.

어느 밤의 꿈속에서 아버지는 앞서 떠나신 어머니도 만나셨을 것이다. "마리아" 하고 불렀을 것이다. 어머니가 세상에 살아 계실

때, 아버지는 자주 어머니의 세례명을 부르셨다. 어머니가 세상을 하직한 후에도 "마리아가 좋아하던 찔레꽃" "마리아가 잘 만들던 카레라이스" "마리아가 잘 부르던 노래" 하시며 어머니의 세례명을 자주 들먹이셨다.

갑자기 은목서를 내게 주신 아버지의 깊은 뜻이 깨우쳐진다. 꿈속에서 할머니가 부르시는 소리를 들으신 아버지, 어머니가 손짓하고 계시는 것을 보신 아버지, 마침내 세상 인연을 훌훌 털어버릴 그때를 짐작하신 아버지, 그래서 정을 붙이고 있던 은목서를 맏딸인 나에게 물려주려고 하신 것이 아니었을까. 아침 대문을 여시고 은목서와 함께 먼 길을 달려오신 것이 아닐까

은목서 곁에서 아버지와 어머니의 생애를 생각한다. 흰 무명베 한 자락과 같았던 산골에서의 삶이 생각난다. 도시에서만 성장한 아버지 어머니는 신식교육의 티를 조금도 내지 않고 산골 사람들과 함께 동화되어 갔었다. 농부들과 같이 산에도 가고 들에도 가고 강에도 갔었다. 학교 옆에 붙어있던 교장관사. 그 황량한 마당에 꽃도 심고 채소도 심고 나무도 심으셨다.

어느 봄날, 들판에서 봄놀이를 하고 있는 사람들을 만났다. 그 속에 아버지 어머니도 끼어 계셨다. 함께 노래 부르고 춤추고 계셨다. 나는 그날 처음으로 아버지 어머니의 신명을 보았다. 억눌려 있던 신명이 너울너울 풀려나는 것을 보았다. 지금 생각해보니 산골에서 생활하신 그때가 아버지 어머니에게는 참으로 자유롭고

향기로운 날들이었던 것 같은 생각이 든다.

책을 펼친다. 하도 오래되어 종이가 누렇게 변색되어 있다. 긴 세월동안 나를 따라다닌 귀한 책이다. 지난 날, 아버지께서 이 책을 주실 때도 나는 두 손으로 황급히 받았었다. 그리고 밤을 새며 읽었다. 깊은 밤, 혼자 깨어 만났던 아름다운 문장들, 앙드레 지드의 「아프리카에서」 헤르만 헤세의 「나비」 조지훈의 「소녀 세시기(歲時記)」 아나톨 프랑스의 「곡예사」와 오 헨리의 「재회」 그리고 김동인의 「무지개」등, 아, 그 산문들은 얼마나 감미로운 문학의 세계로 나를 인도하였던가. 문학의 향기를 뿜어대며 내게 다가왔던가.

은목서 위로 가을 양광이 내려앉는다. 은목서 향기가 나를 둘러싼다. 시월 초하룻날, 나의 생일 때문에 모인 자식들에게 나는 말하였다. "은목서 꽃이 피면 나는 또 혼자 생일잔치를 할 것이다. 꽃향기에 묻혀 하루를 지낼 것이다." 했었다.

나는 지금 그 일을 하고 있다. 아버지가 심어준 은목서 앞에서 맑은 향기를 온 몸에 묻히며 혼자 생일잔치를 하고 있다. 옛 책과 함께 하고 있다. 책 속에 숨어 있는 아버지의 향기를 맡고 있다. 화려한 금목서보다 은목서 맑은 향기를 더 좋아하시던 아버지처럼 나의 손에도 은반지가 끼어 있다.

또 나무를 심다

시장에 가는 길. 식물원 앞에서 걸음을 멈추었다. 참새가 방앗간 앞을 못 지나간다는 말이 생각나 혼자 '쿡' 웃었다. 황매화가 눈에 띄었다. 우리 집에 없는 나무이다. 황매화 앞을 세 번이나 왔다 갔다 하였다. 감나무 곁의 빈 땅이 떠오르고 그 자리가 황매화와 인연인 것 같은 생각이 들었다.

나무의 가격이 구천 원, 쇠고기 한 근 값이다. 꽃나무를 살까 고기를 살까 궁리를 하다가 그만 나무를 사버렸다. 고기반찬과 황매화 한 그루와 맞바꾼 셈이다. 오른손에는 나무를, 왼손에는 냉이와 쑥 한 움큼이 든 봉지를 달랑달랑 들고 걸어왔다. 황매화 한 번 내려다보고 걸음 한 번 걷고 또 황매화 한 번 흔들며 즐거운 기분으로 함께 집으로 왔다.

대문 앞에 서니 걱정이 되었다. 저녁상에 오를 빈약한 반찬도 마음에 걸리었지만 나무 구덩이를 파면서 투덜댈 남편의 말이 짐작되기 때문이다. “나무 값이 문제가 아니다.” “큰 나무가 되기까지 기다릴 시간이 우리에겐 없다.” 이렇게 말하며 나를 타박할 것이다. 하지만 남편은 끊임없이 물을 주며 나무 곁에서 서성일 것이다. 헛개나무와 음나무도 그렇게 타박을 받으며 땅에 뿌리를 내렸다.

수수꽃다리 나무, 석류나무는 옛집에서 이사를 올 때 데리고 온 나무이다. 이십 년이 훨씬 넘는 세월, 그 나무들은 나와 함께 나이를 먹어가고 있다.

나무 곁으로 간다. 앵두나무를 보고는 “십년 전, 처음 집에 왔을 때의 아리따웠던 너의 모습도 변하여 가는구나.” 하며 마음 아파하고 아직도 점잔을 빼며 잎을 피우지 않는 대추나무를 향하여는 “너는 양반 나무이다.” 하며 말을 한다. 산수유나무에게는 “십칠 년이 넘는 세월동안, 너는 우리 집의 자랑이었다.” 하며 거칠어진 나무의 표피를 사람의 손목을 잡듯이 만져본다. 해마다 새끼를 쳐서 아홉 그루나 늘어난 매화나무에게는 “오래 오래 번성하여라.” 하며 덕담을 한다.

마지막으로 나는 나무들에게 “너희들은 나의 스승이었다.” 하고 고백을 한다. 그렇다. 내 삶의 희로애락 속에는 언제나 나무가 함께 있었다. 계절의 왕래에 온몸을 맡기며 그 순리를 묵묵히 수용하고 있는 나무들은 받아들이는 것, 내어주는 것, 맡기는 것의 지혜를 나에게 가르쳐 주었다.

아득한 옛날, 창세기에서부터 나무들은 인간의 애환 속에서 같이 존재하며 수난을 겪어왔고 또 찬양되기도 하였다. 자연주의 화가인 데오도르 룻소는 "삼십 년간 내가 그린 그림은 저 나무들의 초상화다." 라고 하였다.

산비탈에 혼자 초연하게 서 있는 나무, 토양 좋은 밭머리에 우직하게 서 있는 나무, 폐원의 골짜기에 현란하게 서 있는 나무, 나무들은 자연이 보여주는 신비로운 질서이며 지력이나 힘으로는 결코 정복될 수 없는 자연의 끝부분이다.

늦저녁, 울울한 나무숲으로 가보자. 마음이 편안하면 그런 대로 새로운 평화가 겹쳐오고 마음에 바람이 일면 그 바람이 나무 끝에서 잔잔하게 가라앉는다.

오늘도 황매화 한 그루를 또 땅에 심었다. 이 나무가 자라나서 나에게 얼마만큼의 기쁨을 줄 것인지, 내가 언제까지 황매화 곁에 머물 수 있을 것인지는 아무도 짐작할 수 없다.

2
탱자나무 앞에서 흙과 놀다

쥐똥나무를 바라보다

언제부터 이 나무가 우리 집에 존재하게 되었을까. 매화나무 곁에 이름을 모르는 나무 한 그루가 있다. 키가 두 자도 되지 않는다. 빈약하고 볼품이 없다. 우리 집 땅에 뿌리를 내리게 된 경위를 더듬어 보았지만 기억이 없다.

큰 나무를 심을 때, 뿌리 한 가닥이 따라와서 땅에 묻혔는지, 집을 짓기 이전부터 땅 속에 숨어 있었던 것인지 알 수가 없었다.

품격 높은 매화나무 옆에 엉거주춤하게 서 있는 나무는 우리의 불청객이다. 나는 한참동안 그 나무를 본체만체 하였다. 그리고 마음속으로 별렀다. 근본을 알 수 없는 나무를 뽑아버리자 하고 때를 기다렸다.

식물원 남자가 왔다. 나무의 전지를 하기 위해서이다. 그는 가위를 들고 필요 없는 나뭇가지를 댕강댕강 잘라내었다. 신이 나는 듯 콧노래를 부르기도 하였다. 힘없이 땅에 내려앉는 가지들을 보니 마음이 조금 아팠다.

매화나무의 몸매를 다듬고 있던 남자가 "여기, 쥐똥나무가 있네." 하고 소리를 질렀다. 이름을 모르는 나무를 두고 한 말이다. 나무의 이름을 듣는 순간 나는 픽 하고 웃음이 나왔다.

쥐새끼, 쥐방울, 쥐똥 등이 의미하는 천박한 느낌이 한꺼번에 떠올라 비웃듯이 나무를 내려다보았다. 싸라기처럼 자디잔 유백색 꽃을 피우다가 가을이 되면 까만 쥐똥 같은 열매를 달고 있는 나무를 더러 본 것 같기도 하다.

식물원 남자가 쥐똥나무는 정원에 어울리지 않는다고 하며 뽑아버리자고 했다. 옆에 있는 매화나무와 격이 맞지 않는다고 말했다. 나의 동의에 따라 즉시 행동을 취하려는 듯 삽을 들고 쥐똥나무 곁으로 갔다. 나도 따라 갔다.

나의 말 한마디에 땅에서 뽑히어 순식간에 죽은 존재가 될 나무, 나의 뜻에 의해 이 세상에서 누렸던 짧은 생애를 마감할 나무, 나는 지금 쥐똥나무의 생사여탈권을 쥐고 있다. 한 생명을 삶과 죽음으로 갈라놓을 수 있는 절대자, 내가 그런 존재가 된 것이다.

쥐똥나무를 바라본다. 쥐똥처럼 괴괴한 이름을 멍에처럼 매달고 대우받지 못하는 삶을 살고 있는 나무, 그런 처지를 스스로 알고 있는 듯 스쳐 가는 바람결에도 온몸을 떨고 있다. 그 모양새는 힘이 없는 존재가 어떤 처분을 기다리고 있는 것처럼 보였다. 가련한 모습이었다. 순간 나도 모르게 "쥐똥나무를 그대로 두세요." 하는 소리가 나왔다. 그런 선한 마음이 왜 갑자기 생겨난 것일까. 쥐똥나무는 어떤 의미로 내게 다가온 것일까.

그동안 나는 우리 집에 거처를 정하고 있는 나무며 풀 등을 참 많이 제거하였다. 심지어 땅 밑에 숨어있는 미물인 벌레들에게도 가차없이 힘을 행사하였다. 그것들의 지배자로 자처하며 아무런 아픔 없이 이런 일들을 했었다. 그런데 떨고 있는 쥐똥나무가 나의 오만한 생각을 무너뜨린다.

요사인 자주 층계에 앉아 뜰을 보고 있다. 우두커니 앉아 있는 나의 눈에 나무들이 차례로 들어온다. 산능금나무, 감나무, 단풍나무 등 큰 나무들이 먼저 보인다. 이런 나무들은 고개를 들고 올려다 보아야 한다.

옥매화, 개 참꽃, 쥐똥나무 등은 두 번째로 눈에 뜨인다. 키가 앉은키 만한 이 나무들은 편안한 자세로 바라볼 수 있다. 마지막으로 눈앞에 어른거리는 여러 풀꽃들, 그것들을 보기 위해서는 그들 곁으로 다가가야 한다. 그들을 향해 고개를 숙여야 한다.

쥐똥나무 옆에 갔다. 문득 젊은 시절, 쥐방울처럼 부지런을 떨며 들락거렸던 세상 구석구석이 떠오르기도 하고 어느 여름 날, 비를 맞은 생쥐 꼴이 되어 빗속을 뚫고 달려갔던 나의 길, 그 우기의 비애가 젖어 들기도 한다.

쥐똥나무에게 새로운 정을 붙이고 있는 지금 나는 참 편안하다.

화려하게 꽃을 피우고 또 현란하게 단풍이 물드는 다른 나무들의 변덕스러움보다 담백하고 조용한 쥐똥나무가 더 정겹다.

앞으로 나는 쥐똥나무의 이름을 자주자주 불러 주며 향기롭지 못한 이름 때문에 언제나 기가 죽어있는 나무에게 새 기운을 불어 넣어 주고 싶다. 어린 쥐똥나무를 늙어가는 우리 곁에 데리고 있고 싶다.

탱자나무 앞에서 흙과 놀다

나는 왜 흙을 좋아할까. 흙 중에도 황토를 보면 만져보고 싶고 무언가를 만들어 보고 싶어진다. 그날도 그랬다. 바다를 향해 가는 길이였다. 차창 밖으로 언뜻 황금덩이 같은 것이 스치고 있었다. 차를 세웠다. 누런 황토가 쌓여있다. 둥근 황토더미가 나의 눈에 황금덩이로 보였던 것일까.

찻길 옆에 탱자나무 울타리를 친 학교가 보이고 운동장에는 풀이 돋아있다. 폐교였다. 안으로 들어갔다. 탱자나무 앞에도 황토가 쌓여있었다. 흙 옆에는 커다란 무쇠 솥도 걸려있고 황토 물을 풀어 놓은 옹기그릇도 있다. 흙물에 잠겨있는 옷감도 보인다. 염색을 하는 것 같았다. 염색이 끝난 무명베가 빨래 줄에 걸려있다. 황토색 차일을 쳐 놓은 것 같다. 학생들 대신 황토더미와 나부끼고 있는 무명자락이 폐교의 주인이 되어 있다.

사람이 거처하는 집이 보인다. 주인을 찾아 가까이 갔다. 흙에 관련된 것들만 널려 있을 뿐 사람은 보이지 않는다. 처음에는 작은 목소리로 "여보세요" 했다. 응답이 없다. 이번에는 큰 소리로 "아무도 없어요?" 하였다. 줄에 널린 황토색 무명베만 바람소리를 낼 뿐 인기척이 없다.

주인을 만나는 것을 단념하고 이리저리 돌아다녔다. 펄럭이고 있는 무명베도 쓰다듬어 보고 황토 물에다 손가락을 휘저어보기도 하였다. 손이 이내 황토색으로 변한다. 탱자나무 가시 사이로 탱자 열매도 몇 개 땄다. 금빛 열매의 빛깔이 황토와 닮아있다.

어린 시절, 산골학교를 다녔다. 그때 산골 아이들은 자주 흙을 갖고 놀았다. 넓은 운동장의 흙 판 위에서 땅따먹기, 흙집 만들기 등을 하였다. 소꿉놀이의 그릇들도 만들었다. 사람과 짐승의 모습도 만들었다. 그 무궁무진한 흙의 세계는 시간 가는 줄을 모르게 했고 땅에서 일어 설 때쯤이면 나는 온몸에 흙칠갑을 하고 있었다.

황토 더미를 보니 문득 그때의 기억들이 되살아나고 흙과 놀아보고 싶은 생각이 든다. 흙 옆에 주저앉았다. 한 움큼 쥐어본다. 포실하다. 코끝에 대어본다. 아, 잊고 있었던 흙냄새, 어린 시절의 냄새가 난다. 그때 맡았던 산골의 냄새가 난다. 손에 쥐고 있는 탱자 열매에서도 향긋한 냄새가 났다.

마른 황토에 물을 부어 흙 반죽을 하였다. 손가락을 놀려 어떤 형상들을 만들었다. 꽃과 열매와 아이들 다섯이었다. 모두 웃고 있다. 아이들은 나의 손자손녀를 닮아 있다. 재미가 있었다. 나는 그렇게 한 시간 동안, 달려 갈 앞길도 잊어버리고 찾아가는 바다도 잊어버리고 만나야 할 사람의 이름도 잊고 탱자나무 앞에서 흙과 놀았다. 배고픔도 잊었다.

교문 쪽에서 여자가 오고 있다. 나를 보고 웃는다. 사람이 그리웠던 것일까. 그가 들고 있는 비닐봉지 사이로 다시마 줄기와 마른 명태가 보인다. 여자는 그것들을 꺼내며 비로소 나에게 용건을 묻는다.

황토가 좋아 들어와 보았다는 말에 "흙이 뭐가 좋을까. 평생 동안 흙과 함께 살고 있는데" 하였다. 그리고 내가 만들어 놓은 것들을 보더니 "얼마나 심심했으면 흙으로 사람을 만들고 있었을까" 했다. 그 말을 듣고 혼자 웃었다. 창조주가 낙원에서 흙으로 사람을 빚은 이유가 무료함 때문이라고 하던 어떤 사람의 말이 생각났기 때문이다.

여자는 염색을 하는 예술가는 따로 있으며 좋은 흙을 구하기 위해 외출을 하여 집에 없다고 했다. 자기는 일을 거들어주는 사람이라고 하며 붉고 푸른 고운 색들이 많고 많은데 왜 누런 황토 물을 들이고 있는지 알 수가 없다고 했다. 그러고 보니 그는 황토색 옷 대신 분홍 윗옷과 파랑 바지를 입고 있다. 나도 자주색 치마와 계란 색 윗옷을 입고 있다.

사람들은 황토 방, 황토 물을 들인 옷과 이불 등, 황토가 몸에 유익하다는 이유로 즐기고 있다. 그러나 건강에 좋다는 이유 이전에 더 깊고 질긴 인연이 흙과 사람에게 맺혀 있음을, 흙에서 살고 흙으로 돌아가는 생명의 이치가 흙과 사람을 연결하고 있는 참 이유임을, 그래서 흙물을 들이는 예술가도 좋은 흙을 찾아 헤매어 다니고 있음을, 나도 흙과 함께 놀기를 좋아하고 있음을 깨닫는다.

다시 나의 일상을 향해 길을 갔다. 뒷자리에는 자루에 담긴 황토와 흙으로 만든 아이들이 앉아있다. 둥근 탱자 열매도 향기를 뿜어대고 있다.

나는 문득 "우리 집 마당에도 황토 한 무더기 쌓아두었으면, 손과 발, 온 몸, 입고 있는 옷에 흙을 묻히며 흙과 함께 놀아 보았으면, 나의 의도대로 사물의 형상을 만들어 내가 붙인 이름을 한번 불러 보았으면" 하였다. "빈 집의 적적함을 잊어 보았으면" 하고 말했다.

이윽고 바다에 닿았다. 넓고 푸른 물위로 배들이 떠다니고 있다. 그 풍경은 황토를 머금고 있는 땅위의 모습과는 영 달랐다.

오동나무에게 기대다

빈 집터에 오동나무 한 그루가 서 있다. 봄이면 보랏빛 꽃이 화사하게 피어나고 여름이면 넓은 잎이 시원한 그늘을 만들어 준다. 오동나무 곁을 지날 때면 나는 자주 나무 밑에 서서 쉬어오곤 한다.

오동나무 밑에 서면 빗소리가 들린다. 하늘은 맑고 청청한데 가슴속에는 후두둑 비가 내린다. 오동나무 밑에 서면 어머니의 풍금소리가 귓전에서 들려온다. 어머니의 풍금 곁에서 배운 오동나무의 노래가 떠오른다.

'오동나무 비바람에 잎 떠는 이 밤, 그리웁던 네 동무가 모였습니다. 이 비가 개이고 날이 밝으면 그리웁던 네 동무가 흩어집니다.' 하는 노래이다. 옛날 노래여서 지금은 들을 길이 없지만 그 노래는 언제나 밤의 등불과 빗소리와 오동나무를 거느리고 마음속에서 살아난다.

비바람 치는 밤, 오동잎에 내려앉는 빗소리와 등불 밑에 모인 네 사람의 동무들, 그리고 밝은 날의 삶과 헤어짐, 그 쓸쓸함이 젖어온다. 이런 기억 때문인지 오동나무의 보랏빛 꽃을 보아도, 넓고 푸른 잎을 볼 때도 기쁨대신 슬픔을 먼저 느낀다.

열흘 전, 어둑 사리가 깃드는 해질녘이었다. 오동나무 밑에 서있는 여자가 눈에 띄었다. 동네에서는 만난 적이 없는 낯선 여자였다.

여자는 망연한 자세로 앞산을 보다가 오동나무의 잎을 보다가 하며 서 있었다. 아무렇게나 걸친 윗옷, 양말을 신지 않은 맨발, 어딘가 넋이 나간 것 같았다. 여자는 누구에겐가 하소연을 하듯이 "억장이 무너져서 못살겠네." 하며 오동나무의 몸을 손으로 두드려대고 있었다. 그러다가 오동잎을 앞뒤로 흔들며 큰길을 향해 휘적휘적 걸어갔다.

오늘, 혼자 집에 있는 지금, 갑자기 그 여자가 생각남은 어인 일일까. 무너지는 억장 때문에 의식의 질서마저 헝클어져 버린 여자의 황폐한 모습이 떠오름은 왜일까.

어떤 친구의 말이 생각난다. 그 친구도 억장이 무너지는 삶의 길목을 몇 번이나 지나왔다. "우리가 어찌 세상을 이기겠노." 하던 말이며 "나는 가슴속에 맷돌 하나를 매달고 살아간다." 하던 말이 기억난다.

갑자기 갑갑증이 솟아올랐다. 혼자 담아두었던 가슴속 말들을 토해내고 싶었다. 뿜어내지 못한 말들이 어찌 오늘 하루뿐이겠는

가. 우리시대의 여자들은 평생을 두고 밖으로 토해내고 싶은 말들을 가슴속에 묻어가며 살아가고 있다.

대문을 나섰다. 눈앞에 오동나무가 보인다. 나는 나무쪽으로 갈 것인지 아니면 버스를 타고 도시의 끝까지 달려가 볼 것인지 잠시 망설였다.

갑자기 하늘이 어두워지고 비가 내렸다. 소나기였다. 오동나무 밑으로 갔다. 책가방을 멘 아이들이 나무 밑으로 들어온다. 학생들에게 떠밀린 나의 몸이 오동나무와 포개어졌다. 시원하다. 오동나무의 서늘한 느낌 때문에 가슴속 열기가 식는다. 갑갑증도 가라앉는다. 이윽고 아이들은 빗줄기 사이를 뚫고 뛰어가 버리고 오동나무 밑에 혼자만 남았다.

비가 그쳤다. 해가 나왔다. 오동나무에 기댄 채 발밑의 젖은 땅을 내려다본다. 깨어진 그릇 조각들이 땅에 널려 있다. 오동잎 사이로 비친 햇빛을 받아 사금파리들이 반짝인다. 파괴된 그릇은 원형을 꿈꾸고 있는가. 아니면 오동나무 밑 땅속으로 들어갈 채비를 하고 있는가.

예기치 못한 소나기 때문에 내가 기대어 섰던 오동나무, 빗속을 뚫고 달려가던 아이들의 용기, 비가 온 후에 더욱 푸르러진 나뭇잎과 깨어진 그릇의 비애, 나는 그런 것들의 의미 속에 가만히 서 있었다.

한 여자가 이쪽으로 오고 있다. 큰 보따리를 들고 있다. 저 여자도 짐의 무게에 짓눌려 억장이 무너지는 삶을 살아가고 있을까. 오동나무에 내려앉는 비바람의 슬픔을 알고 있을까.

나는 무거운 짐을 힘겹게 들고 있는 여자에게 오동나무 그늘을 양보하듯 그곳을 떠났다. 가슴속 말은 한마디도 토해내지 못하고 집으로 도로 들어갔다.

강 건너 나무

'강을 건넜다. 강물에 발을 적시며 강을 건너갔다. 내가 강을 건너간 것은 건너편 강둑에 있는 나무들을 만나기 위해서이다.' 이란 글귀가 적힌 종이를 묵은 원고 속에서 우연히 찾아내었다. 오래 전에 쓰다가 그만둔 것인 듯 종이가 누렇게 변하여 있다.

그때 내가 찾아간 강의 모습도 또 내가 만났던 나무의 이름도 생각이 나지 않는다. 언제쯤 이 글을 썼는지 왜 쓰다가 그만 두었는지 알 수가 없다. 나는 그 글귀를 요사이 읽고 있는 책 속에 끼워 두었다.

며칠이 지난 어느 저녁, 책을 읽다가 다시 그 글을 보게 되었다. 글의 내용처럼 내가 강을 찾아간 것도 강을 건너가서 나무를 만난 것도 모두 사실일 것이다.

지난 날, 나는 흘러가는 강물이며 강둑에 있는 나무가 바람에 흔들리는 모습을 바라보기를 좋아하였다. 그리고 물속에 서서 나의 발을 휘감고 지나가는 물살의 움직임을 흥미롭게 내려다보곤 하였다.

강을 건너가서 만난 나무가 무슨 나무였을까. 나무들이라고 했으니 한 그루의 나무가 아닌 듯하다. 발에 물을 적셔도 될 계절이면 늦은 봄날이나 여름이었던 것 같다. 물을 무서워하는 내가 강물에 선뜻 들어선 것을 보면 깊은 강이 아니었을 것이다.

그날 밤은 이런 생각을 하면서 잠이 들었다. 어쩌면 나는 꿈속에서 그 강과 나무를 찾아 헤매고 다녔는지도 모른다.

어떤 시인이 책과 편지를 보내 주었다. 편지 속에는 나의 글을 읽은 소감이 적혀 있었다. 책 속에서 나의 정신을 만날 수 있었다고 했었다. 정신까지 읽었다고 하는 글을 받고 보니 두려운 마음이 들었다. 글 속에 내재되어 있는 정신이 무엇일까 스스로 물어 보았다.

흔히 정신이라고 하면 꿋꿋한 정신, 정의로운 정신, 갸륵한 정신 등, 우리가 세상을 살아가는데 필요한 인격적인 덕목을 말한다. 나의 삶은 이런 정신과는 거리가 멀다.

시인이 보내준 시집을 펼쳤다. 나무에 관한 시가 많이 실려 있었다. 나는 시를 읽으며 그분의 정신을 언뜻언뜻 느꼈었다. 겸손한 나무의 정신 같은 것이었다. 시인이 나의 수필 속에서 만났다는 정신도 이런 것이었으면 하는 생각이 들었다.

여러 편의 글중에서 「백양나무 숲에서」라는 시를 읽을 때였다. 갑자기 내가 강을 건너가서 만났던 나무가 떠오르고 그 나무들이 백양나무였던 것 같은 생각이 났다.

남편이 유학을 떠나 곁에 없던 시절, 산골 학교에서 미술선생 노릇을 했던 때가 있었다. 마을 앞으로 강이 흘러갔고 강가에 서면 강 건너 먼 산과 무리 지어 있는 나무들이 보였다.

처음에는 나무들이 포플러나무인 줄만 알았다. 그런데 누군가가 "백양나무이다."라고 말해 주었다. 백양나무의 슬픈 전설을 알고 있던 나는 흰 명주수건을 몸에 감고 있는 것 같은 나무의 순결한 모습에 호기심이 일어났고 어느 날 백양나무를 만나러 강을 건너갔을 것이다.

나무를 만나고 온 그날 밤, 이 글을 썼을 것이다. 먼 서양에 있는 남편에게 편지를 쓰듯이 글을 썼을 것이다.

그때 나는 무슨 생각을 하며 강을 건너갔을까. 어쩌면 나무를 만나러 강을 건너가듯이 그리운 사람도 그렇게 강을 건너가서 만날 수 있다면 얼마나 좋을까 하는 생각을 하고 있었는지 모르겠다.

나는 지금도 강, 들판, 나무에 관한 글을 쓰기를 좋아한다. 어디로인가를 향해 가고 있는 강물이며 들판을 휘덮고 있는 시퍼런 풀들이며 제멋대로 움직이고 있는 나무를 보면 한없는 자유로움을 느낀다.

봄날의 환희에 찬 나무, 여름날의 도도한 나무, 가을의 겸손한 나무, 특히 벗은 몸으로 추위와 맞서고 있는 겨울나무의 오기는 눈물겹다.

며칠 후 나는 또 나무를 만나러 집을 나설 것이다. 강 건너 나무를 찾아가는 것이 아니고 산비탈에 서 있는 어떤 나무를 만나러 갈 것이다.

지난 가을, 지리산 자락에서 아름다운 느티나무 한 그루를 만났었다. 나무는 사방팔방으로 가지를 뻗어가며 아무 부대낌이 없는 자유로운 삶을 누리고 있었다.

겨울에 굳이 그 나무를 만나러 가고 싶은 것은 봄, 여름, 가을을 순서대로 살아온 느티나무가 겨울 한천과 맞서고 있는 모양새를, 뼈와 뼈만 남아있는 그 비어있는 모습을 한 번 보고 싶기 때문이다.

그날 나는 집으로 돌아와서 글 한 편을 또 쓸지 모르겠다. 젊은 시절, 강 건너 나무를 찾아갔던 그런 열정과 그리움 대신 모든 것을 다 내어 주고 빈 몸 그대로 산비탈에 서 있는 겨울나무의 정신을 글로 표현해 보고 싶다.

이태리 포플러나무

나뭇잎이 돋아나는 봄날, 고향인 진주를 향해 집을 나섰다. 고향으로 가는 길은 언제나 신이 난다. 도시를 벗어나자 두 갈래 길이 나타났다. 하나는 고속도로이고 하나는 옛날부터 있던 국도이다.

우리는 빨리 갈 수 있는 고속도로로 가자느니 국도로 가자느니 하며 잠시 실랑이를 벌였다. 내가 굳이 국도를 고집하는 것은 고향으로 가는 길목에 있는 정겨운 촌락들을 고속도로 위에서 휙휙 지나쳐버리고 싶지 않는 기분 때문이다.

친정아버지의 직장이 있었던 창녕, 영산, 남지 등 이런 소읍들도 국도 곁에 있다. 그중 창녕은 아버지가 교육장으로 계셨던 곳으로 이곳에서 어머니를 여의셨다. 가슴 아픈 고장이기도 하다.

어머니의 위독한 전갈을 받고 울며불며 달려가던 길을 그때의 어머니보다 더 나이가 들어 지금 가고 있다. 나는 낯익은 산천을 향해 "아버님, 어머님" 하고 마음속으로 불러본다.

창녕도 지나고 영산도 지났다. 저만치 낙동강 강물이 보인다. 남지읍이 가까워진 모양이다. 학교로 가는 신작로 길에 포플러나무가 줄지어 있다. 옛길 위에 내려섰다. 지난날 우리 가족들은 자주 이 길을 지나다녔다. 주일이면 성당에 가기 위해, 혹은 도시로 가는 버스를 타기 위해 포플러나무 밑을 타박타박 걸어갔었다.

어느 해였던가, 가을빛으로 물들어 가는 나무를 가리키며 아버지께서 "이태리 포플러나무이다." 하셨다. 그리고 "이태리는 내가 이 세상에서 제일 가보고 싶은 서양에 있는 먼 나라이다." 하고 덧붙이셨다. 그날 아버지가 하신 말씀이 왜 그렇게 가슴에 저며 왔을까.

그때 아직 학생이었던 나는 어디로인가를 향해 흘러가는 낙동강 물살 앞에서도, 모래밭을 휩쓸고 지나가는 바람소리에도 곧잘 가슴이 술렁이었다.

우리가 알지 못하는 먼 나라 이태리, 쉽게 가볼 수 없는 이태리, 아버지가 그리워하는 서양의 땅 이태리, 나는 무언가 쓸쓸한 기분이 되어 이태리 포플러나무와 아버지를 번갈아 바라보았다.

키가 큰 포플러나무 밑에 서면 어머니는 또 이런 말씀을 하시었다. "나무 끝, 맨 꼭대기 사이로 하늘이 보이니, 그 높은 곳에 천국이 있단다." 하셨다. 왜 어머니는 먼 하늘이니 천국이니 말을 자주 하시었을까. 그런 말씀 때문에 그리도 훌훌히 세상을 일찍 떠나

가셨을까.

높고 아득한 하늘을 꿈꾸듯이 바라보시던 어머님, 어머니의 정신세계가 하도 높아 어머니와 우리 사이에는 건너지 못하는 강 하나가 흘러가는 것 같은 느낌이 들기도 하였다.

어머니가 지향하고 있는 세계에 결코 합류할 수 없고 또 합류하고 싶지도 않았던 나는 그때 "이태리포플러 나무 꼭대기에 있는 하늘의 세계보다 이 세상의 것을 사랑하고 꿈꾸며 살고 싶어요. 좁고 한적한 이런 시골 길이 아닌 넓고 큰 길에서 분홍빛, 연둣빛 같은 화사한 봄의 빛깔만을 채색하며 살아가고 싶어요." 이런 말을 마음속에 담고 있었던 것이 아닐까.

지금, 그때의 이태리포플러 나무 밑에 서서 아버지와 어머니가 살다 가신 이 세상의 길을 둘러본다. 그리고 포플러나무의 아랫도리쯤에서 성장을 멈추어버린 인간의 낮은 키를 생각하며 그 한계를 깨닫는다.

이제 세상의 모든 인연에서 풀려난 아버님과 어머님은 먼 서양의 땅 이태리를 쉽게 건너가고 또 쉽게 건너오시는가. 먼 하늘나라를 바람처럼 왕래하고 계시는가.

낙동강 쪽에서 강바람이 몰려온다. 포플러나무의 작은 잎이 표표히 흔들린다. 강물 내음을 머금은 바람은 옷자락을 풀썩이더니 다시 벌판 쪽으로 몰려간다. 넓은 들에는 지난날의 청보리밭 대신 흰 비닐하우스가 떼를 지어 있다.

남편이 말한다. 갈 길이 멀기 때문에 빨리 고속도로로 달려가자고 한다. 나는 치마에 붙어있는 포플러나무의 잎새도 털고 풀잎도 털었다. 신발에 묻어있는 낙동강 가의 금모래도 털었다.

고개를 들고 올려다 본 포플러나무 끝에 흰 구름 떼가 걸려있다. 흰 구름과 연둣빛 나뭇잎과의 관계가 잠시 만나는 인연처럼 허망하다. 그러나 아름답기 그지없다.

고속도로 진입로에서 다시 옛길을 돌아보았다. 이태리포플러 나무 밑으로 지난날의 우리 가족처럼 사람들이 앞서거니 뒤서거니 하며 걸어가고 있다.

나뭇잎에 대한 그리움

하늘에 올라왔다. 발을 붙이고 있던 땅을 벗어나 하늘에 와 있다. 비행기가 땅에서 솟구쳐 오를 때 "드디어 높은 하늘로 가는구나." 하며 새처럼 가벼운 기분이 되었었다.

기창 밖을 내다본다. 땅 위의 모습은 멀어지고 눈에 들어오는 것은 끝이 보이지 않는 하늘, 우주 공간 속을 비행기는 한 점 물체가 되어 흘러간다.

승객들에게 눈길을 돌렸다. 어떤 사람은 설레는 표정을, 어떤 사람은 눈을 감고 있다. 열두 시간의 긴 여행길, 우리는 같은 목적지를 향해 가고 있다. 종착지에 도착할 때까지 운명의 끈을 같이 붙들고 있다.

다섯 시간이 흘러갔다. 자유롭지 못한 몸 때문에 오금이 저려오고 가슴이 답답해진다. 기창 밖의 끝없는 시야도 막막한 느낌을 준다. “언제쯤 땅에 내릴까요.” 옆에 있는 남편에게 물었다. “아직도 멀었다.” 하며 신문을 펼쳐든다.

땅 위에서 일어난 사건이며 소식을 높은 하늘에서 접하고 보니 묘한 느낌이 든다. 어떤 기사가 눈에 뜨인다. 유명한 사람의 타계 소식이었다. 평생 동안 쌓아올린 명성이며 권력이며 재물을 땅 위에 버려두고 세상을 하직하였다. 지상에서 분리된 그의 영혼은 지금 어디에 있을까.

사람이 죽으면 흔히 ‘하늘나라에 간다.’고 말을 한다. 일찍이 친정어머님이 세상을 떠나셨을 때도 ‘하늘나라에 계시는 어머님.’ ‘하늘나라에서 다시 만나여질 어머님.’ 하며 마음속 위로를 받았었다. 그리고 자주 하늘을 올려다보았다. 그때도 사람들을 싣고 먼 곳으로 가고 있는 비행기가 하늘에 떠 있곤 했었다.

나는 하늘나라에 대한 탐색이라도 하듯, 하늘에 계신다는 육친의 모습을 찾아내기라도 하듯, 광활한 공간 구석구석까지 눈길을 보내었다. 그러나 눈에 들어오는 것은 둥둥 떠 있는 흰 구름 떼뿐, 아무 것도 보이지 않는다. 육체를 떠난 영혼들도 구름처럼 가볍고 순결하게 우주 공간 속을 흘러 다니고 있을까.

갑자기 안전벨트를 착용하라는 안내 등이 켜지고 기체가 심하게 흔들린다. 비행기의 요동 때문에 잠을 자고 있던 사람들도 눈을 뜬다. 순간, 불안과 공포가 엄습해 온다. 지상에 남아있는 가족들의 얼굴이며 정리하지 못한 세상의 일들이 뒤죽박죽이 되어 밀려온다.

무엇보다도 요동치는 비행기 안에서의 자각은 죽음에 대한 공포였다. 그 공포는 너무 깊고 단단하여 어떤 의지로도 결코 밀어낼 수 없었다.

이윽고 비행기는 안정을 되찾고 우리는 안도의 숨을 쉬었다. 갑작스럽게 나타난 강한 기류 때문에 비행기가 흔들렸다고 안내방송을 한다. 예기치 못한 기류들은 삶의 도처에 숨어 우리의 앞길을 방해하고 있다. 순식간에 다가왔다가 또 순식간에 떠나가 버린 공포, 인간의 한계를 깨닫는다.

고도를 낮춘 비행기의 기창 밖으로 초록색이 눈에 들어온다. “아, 산이다. 물이다. 나무다.” 하는 말이 저절로 입에서 나왔다. 푸른 산, 푸른 물, 푸른 나무 곁에서 누리던 기쁨이 다시 되살아나고 우리 집 마당가에 서 있는 나무들의 소소한 떨림이 눈에 밟힌다.

깊은 뿌리, 완강한 줄기, 푸른 잎사귀로 형성이 되어 우리 옆에서 함께 살아가던 수목들, 무엇보다도 간절한 것은 푸른 나뭇잎에 대한 그리움이었다.

온몸을 바람 따라 흔들고 있는 나무들의 순한 몸짓과 햇빛에 반짝이는 잎의 빛남 등, 그런 모습을 두고 어떤 사람은 “나무의 표표한 움직임은 존재의 외침이다.” 라고 말했었다. 그 청정한 나뭇잎 곁으로 빨리 돌아가고 싶어진다.

이윽고 착륙준비를 위한 안내방송이 나오고 기체가 땅으로 하강을 한다. 기창 밖으로 암스테르담의 풍경이며 도시를 둘러싸고 있는 푸른 초원과 강의 줄기가 보인다. 사람이 살고 있는 집들도 보인다. 나는 땅 위의 형상들에게 빨리 다가가기 위해 얼른 짐을 챙겨들었다.

돌감나무 밑

돌감나무 한 그루를 심었다. 길이가 석 자도 채 되지 않는다. 모양새가 볼품이 없다. 이웃집에서 쓸모가 없다며 뽑아 버리는 것을 주워온 것이다.

나무가 들어설 자리를 찾아 목련나무 곁에도 가고 배롱나무 곁에도 갔다. 키가 크고 꽃이 화려한 나무 옆에서는 돌감나무가 기가 죽어 버릴 것 같았다. 높이가 같은 단풍나무 곁에 심기로 하였다. 잎이 피어나는 시기. 잎이 떨어지는 때가 비슷한 두 나무는 나란히 어깨동무를 하며 살아갈 것이다.

단풍나무는 바람 따라 날아온 씨앗에서 태어난 나무이다. 칠년 전, 손가락 길이만한 줄기 한 개가 땅을 뚫고 나왔다. 잎이 피었다. 단풍나무였다. 그러고 보니 단풍나무와 돌감나무는 신세가 비슷하다. 돈을 주고 애지중지하며 사다 심은 것이 아니고 저절로 생긴

나무들이다.

돌감나무는 오랫동안 잎이 나오지 않았다. 손톱으로 껍질을 긁어보면 푸른 수액이 보였지만 여전히 힘이 없고 애잔하였다. 몸살을 하고 있는 것 같았다. 드디어 잎이 나왔다. 연둣빛 잎들이 아우성을 치듯이 솟아나더니 시시각각으로 변하여 갔다. 참기름을 발라 놓은 것처럼 반짝반짝 빛이 났다.

몇 개의 감꽃도 달렸다. 이내 떨어지고 말았으나 '이제 고비를 넘겼다.' 하는 생각이 들었다. 잎과 꽃을 피워 올린다는 것은 생명의 질서가 바로 잡혀간다는 증거이다. 나는 집에 찾아온 손자에게 "돌감나무가 살아났다." 하고 일러주었고 남편에게도 "드디어 감나무 잎이 돋았어요." 하며 확인을 시켰다. 아이는 "언제쯤 감이 열릴까요." 하고 물었으며 남편은 "하루 종일 나무 곁에서만 산다." 하며 못마땅해 하였다.

내가 돌감나무를 뜰에 심은 것은 나무에 대한 욕심도, 감 열매가 탐이 나서도 아니다. 버림받은 나무, 그 생명을 되살려 한 울타리 안에서 함께 살아 보고 싶었기 때문이다.

옛날부터 나무에 대한 욕심과 관심이 많았었다. 언제쯤 꽃이 필까, 언제쯤 열매를 맺을까, 언제쯤이면 늠름한 나무가 되어 우리 집을 빛내줄 수 있을까, 하는 생각을 많이 하였었다.

매화나무를 심을 때도, 단감나무를 심을 때도 그랬다. 매실을 다섯 되나 거두었다느니 익은 감을 한 접이나 땄다느니 하며 결실을 수확할 때마다 자랑을 하였다. "우리 집 청매실로 담근 술이다." 하고 손님에게 권하기도 하고 함께 취하기도 하였다.

돌감나무와 열자 정도 떨어져 있는 곳에 맥문동과 작약이 있다. 약용식물들이다. 그 좋은 약효가 돌감나무 뿌리에 스며들어 튼튼한 나무가 되기를. 돌 탱주, 돌 콩, 돌배나무처럼 돌감나무도 우리 토종의 강인한 의지를, 지키며 살아가기를 염원한다.

장마가 시작되었다. 비바람이 불면 어린 나무들은 바람 따라 몸을 흔들어 대느라고 정신이 없다. 그들 곁으로 가보았다. 아무 탈이 없었다. 땅에는 잡초가 수북했다. 잡초 사이로 상사화 꽃대며 토란 잎이 보였다.

지난 초봄, 연둣빛 잎이 가지런히 땅을 뚫고 나왔었다 '참 깨끗한 잎이다' 하며 바라보고 있는 동안, 어느새 잎은 흔적도 없이 사라지고 말았다. 아무 징표도 남겨놓지 않았다. 잡초들만이 자빠지고 엎어지며 그 위를 지나가고 있었다.

잊혀졌던 상사화의 꽃대를 오늘 만나고 있는 것이다. 상사화는 같은 뿌리에서 태어났는데도 잎과 꽃이 서로 볼 수가 없다. 영원히 만날 수 없는 슬픈 관계, 그래서 가슴 아픈 이름을 붙여 주었을까.

토란을 심은 기억도 있다. 토란 뿌리로 음식을 만들어 먹은 후 남은 것을 땅에 묻었다. 껍데기가 쭈글쭈글한 것이 매우 부실해 보였다.

호미대신 나무 고쟁이로 땅을 팠다. '죽으면 죽고 살면 살고' 하는 기분으로 흙을 슬슬 덮어 주었다. 그리고 잊어 버렸다. 우리가 잊고 있는 사이 뿌리들은 땅 밑에서 놀라운 일을 진행시키고 있었던 것이다. 땅위로 고개를 내밀 새 생명을 잉태하기 위해 죽어가는 아픔을 겪고 있었던 것이다.

돌감나무 주위에 형성된 풀의 세계를 본다. 하늘로 솟아오르고 옆으로 기어가고 또 땅으로 고개를 숙이는 삶의 방식들, 서로 기대고 연결하고 비껴가며 화목하게 살아가는 풀의 삶을 본다.

무명의 풀들과 함께 섞여있는 돌감나무, 볼품없는 돌감열매를 맺으며, 그것을 큰 사명으로 알고 있는 나무, 내가 돌감나무에게 남다른 정을 주는 것은, 큰 나무, 큰 열매 곁에서도 결코 기가 죽지 않는 나무의 모습 때문이다. 당당하고 의연함이 매우 아름답기 때문이다.

아주까리 나무

늦은 봄날, 시외버스 정류장 옆에 있는 시장에 갔을 때였다. 어떤 여자가 채소 모종을 팔고 있었다. 고추며 오이는 이미 사다 심었기 때문에 처음에는 그냥 지나쳐 버렸다.

돌아오는 길, 다시 그 여자 앞을 지나오게 되었다. 팔리지 못한 모종 몇 개가 남아 있었다. 생소한 채소 모종이었다. 이름을 물었다. "아주까리 나무요." 하며 열매로는 기름도 짜고 잎은 정월 대보름날 나물을 무쳐 먹는다고 말하였다. 순간 대보름 밤의 환한 달빛과 겨울밤의 청량한 냉기가 되살아났다.

아주까리 모종 세 포기를 들고 와서 대문 가까이 심었다. 어느새 쑥쑥 커서 손바닥처럼 넓은 잎을 너풀거리고 있다.

어느 날, 아주까리나무 곁에 서 있을 때, 서울에 살고 있는 딸애한테서 전화가 걸려왔다. 안으로 뛰어 들어가 수화기를 들었다. 딸애는 대뜸 "엄마는 지금 마당에서 일을 하고 있지." 하였다. 전화를 늦게 받았기 때문에 그렇게 생각하는 것 같았다.

아주까리나무를 보고 있었다는 말에 딸애는 "엄마가 많이 심심한가봐. 혼자 나무만 바라보고 있다니." 하였다. 그리고 "아주까리, 아주까리, 이름이 참 예쁘네." 하며 전화를 끊었다.

새벽미사에서 돌아올 때면 제일 먼저 아주까리 옆으로 간다. 벌레 한 마리 깃들지 않는 깨끗한 아주까리 나무 곁에서 앞산도 올려다보고 멀리 있는 자식들도 생각한다.

소낙비가 오던 날, 대문 밖이 웅성거렸다. 문을 밀고 나가 보았다. 여학생 둘이 서 있다. 비를 피하여 우리 집 처마 밑에 머물고 있는 것 같았다. 가슴에 달고 있는 학교 표지가 눈에 익었다. 딸아이가 다녔던 여학교이다. 무거운 책가방을 들고 담 밑을 걸어가던 지난 날의 딸애가 생각났다.

"앞산 밑에 있는 학교에 다니니?" "몇 학년이니?" 하며 아이들을 대문 안으로 불러 들였다. 마른 수건을 건네며 얼굴에 묻은 빗물을 닦아내게 하였다.

마당을 둘러보던 한 아이가 "봉숭아 봐라, 꽈리 봐라. 채송화 봐라." 하며 친구의 이름을 부르듯이 불러댄다. 또 한 아이는 "석류나무, 감나무, 앵두나무." 하며 그것들에게 눈길을 보낸다. 소녀들의 큰소리 때문에 유쾌한 기운이 마당에 퍼진다.

나는 소녀들에게 다른 나무의 이름과 꽃 이름을 일러주었다. 배롱나무며 능소화 덤불도 알려주고 애기똥풀이며 달개비풀 이름도 가르쳐 주었다. 도라지꽃을 말할 때는 "도라지, 도라지, 백도라지." 하며 노래 한 구절도 흥얼거렸다. 땅에 붙어있는 노란 민들레를 보게 하고 꽃에 얽힌 슬픈 전설도 들려주었다. 한 소녀가 "똑 선생님 같네." 하며 웃는다.

문득 학생들에게 둘러싸여 미술선생 노릇을 했던 젊은 시절이 떠오르고 예쁜 꽃과도 같았던 그때의 학생들이 생각난다. 지금 내 말을 듣고 있는 소녀들이 그때의 제자들인 것 같은 착각이 든다. "선생님, 선생님." 하며 내게로 달려오던 아이들, 소녀들에게 세상의 곱고 아름다운 것만 보여주고 싶고 또 알려주고 싶었던 젊은 날의 열정이 다시 그리워진다.

비가 그치고 해가 빛난다. 비가 개인 후의 더욱 푸르름과 햇살 속에 서있는 소녀들의 눈부심, 문득 '소녀여 비가 개인 날은 왜 이리도 하늘이 푸른가. 무슨 꽃으로 문지르는 가슴이기에 나는 이리도 살고 싶은가.' 하는 미당 서정주의 시 한 구절이 떠올랐다.

대문을 나서는 아이들에게 아주까리 잎사귀를 하나씩 들려주었다. 넓은 잎으로 소낙비도 피하고 햇빛도 가리라고 하면서 주었다. 소녀들은 푸른 아주까리 잎사귀를 높이 들고 떠나갔다.

걸어가는 아이들 머리 위로 어느새 피어오른 뭉게구름, 모양이 변화무쌍하다. 먼 길손처럼 떼를 지어 움직이고 있는 하늘 위의 흰 구름, 그 순결한 구름 떼도 보게 할 것을, 그러나 소녀들은 이미 사라지고 없다.

대추나무의 꿈

이곳, 한국 사람들이 모였던 그날 밤, 우리는 한국 이야기를 많이 하고 한국 음식을 많이 먹고 한국의 노래를 많이 불렀던 것 같다. 돌아오는 길, 대학 옆에 있는 수림(樹林) 곁을 지나왔다. 너도밤나무, 보리수나무, 가문비나무들이 어둠에 싸여 있었다.

우리는 나무들 곁에서 이곳의 침침한 나뭇잎과 사과나무의 빈약한 열매를 흉을 보듯이 말을 하였다. 그때 누군가가 "아, 여기, 한국의 달고 시원한 배나무나 감나무가 있다면 얼마나 좋을까." 했다. 그 말을 들은 사람들은 너도나도 석류나무, 오디나무, 앵두나무, 하며 앞을 다투어 우리의 나무들을 불러대었다.

나는 그때 대추나무 이야기를 했던 것 같다. 그랬더니 "아, 밭머리나 마당가에 서있는 나무." "열매가 구슬처럼 영롱한 나무." "할아버지가 손자보고 고놈, 대추알처럼 또랑또랑 하구나." "고놈,

대추씨같이 여문 놈, 하는 나무." 하며 왁자하게 떠들었었다.

그날 밤 나는 대추나무의 꿈을 꾸었다. 우리 집 마당에 있는 대추나무가 어느새 쑥쑥 자라 있고 나무 밑에서 아이들이 놀고 있었다. 그 꿈은 오래도록 고국에 대한 그리움, 거리감 같은 것을 좁혀 주었다.

타국에 살고 있는 사람들은 누구나 고국과의 먼 거리감에 몸을 떤다. 육지가 연결되어 있지 않다는 것, 춥거나 뜨거운 하늘을 많이 날아가야 한다는 것, 깊은 바다를 오래 건너야 한다는 것, 아홉 번의 낮과 밤을 보내야만 편지를 받을 수 있다는 것, 이런 느낌은 막막한 거리감을 갖게 한다.

모국, 모국어라는 단어 속에는 고국의 산천이나 언어뿐 아니고 인정, 풍속, 미각, 심지어 대청마루의 서늘한 감촉이며 뒷문을 흔들어대던 갈잎의 바람소리도 포함되어 있다.

동향인들끼리 모이면 자랄 적 이야기를 많이 한다. 그때의 노엽던 일, 슬펐던 일들은 모두 잊어버리고 그 다정함, 그 풍요로움만을 말한다. 야초(野草)의 식탁이며, 바닷가의 풍성한 맛이며, 혈육의 체온이며, 가을 하늘의 빛깔, 강물의 흐름 등을 말하고 마침내 입을 다물며 그리움을 눈물처럼 삼켜버린다. 이 잔치는 언제나 미진의 잔으로 채워지며 자리를 떨치고 일어서기를 주저하며 오래 둘러앉아 있다.

타국의 산야에서 낯익은 나무를 만날 때가 있다. 로마의 아피아가도에서 오래된 노송을 보았을 때, 라인 강 가의 로렐라이 언덕에서 수수꽃다리 나무를 만났을 때, 알자스 지방의 고도(古都)인 콜마의 박물관 앞에서 한 무리의 홍초를 봤을 때, 알프스의 산 속, 까르멜 수도원 입구에서 소나무 한 그루를 대하였을 때의 그 기쁨, 그 반가움은 이루 말할 수 없다. 그들의 원류는 모두 한국이고 그것들도 우리처럼 고국을 떠나 타국에 와 있는 것 같은 동류의 의식을 갖는다.

대추나무의 꿈을 언제 다시 또 꿀 것인가. 나는 매일 밤 꿈을 꾸고 싶다. 돌아가는 날까지 밤마다 우리 집 대추나무와 그리운 사람들의 꿈을 꾸고 싶다, 그래서 꿈속에서나마 모국의 향기와 맛을 느끼고 싶다.

이곳 어느 곳에서도 만난 적이 없는 대추나무, 서양 사람들이 아무도 알지 못하는 나무, 작은 대추알이 구슬처럼 영롱한 나무, 그 토종의 대추나무는 우리만 갖고 있고 우리만 알고 있는 한국의 자랑스러운 나무이다.

3 커다란 굴밤나무 밑에서

헛개나무 이름

누군가가 "지리산에 가보았나요?" 하고 질문을 하면 나는 "봄에도 가고 여름에도 가고 가을에도 갔었지요. 흰 눈에 파묻힌 지리산의 모습도 알고 있지요." 하며 대답을 한다.

오늘도 지리산을 향해 길을 떠났다. 아침부터 가랑비가 내렸다. 비 때문에 갈까 말까 망설이고 있는 남편에게 "아, 가라고 가랑비가 오네." 하고 앞장서서 대문을 밀치고 나갔다. 지리산을 생각하면 나는 왜 신이 날까. 목마름 같은 기분이 남아 있을까.

산에 닿았다. 비는 그쳤지만 올려다 보이는 산정에 구름 떼가 몰려있다. 시암재 위에 서서 발밑에 깔린 운해를 내려다보고 싶었으나 방향을 돌려 마천 쪽으로 갔다. 실상사를 찾아가기 위해서이다.

실상사와의 만남은 이번이 세 번째가 된다. 첫 번째의 만남은 십여 년 전 어느 가을이었다. 모든 사찰은 산 속에 숨어 있는데 실상사는 들판 가운데 자리 잡고 있었다. 나는 편안한 마음으로 실상사에 다가갔다. 지리산이 겪어 왔던 수난을 함께 감당하고 있었던 것일까. 처음 만난 절의 모습은 낡고 피폐해 보였다. 대웅전도 다른 절과 달랐다. 높은 축대도 화려한 단청도 없었다.

어느 봄날, 두 번째로 다시 실상사에 갔다. 단속사의 절터를 찾아가는 길에 실상사에 들렀었다. 절의 모습은 여전히 쓸쓸하였다. 높이 솟은 일주문 처마에서 남자들이 단청을 올리고 있었다. 청색과 녹색, 적색과 황색 등 모든 색채가 깊고 열열하였다. "단청이 언제쯤 끝이 날까요?" 하고 물었다. "아직 멀었소." 하며 짧게 대답을 했다. 나는 아름답게 완성된 단청을 구경하러 다시 찾아오리라 마음을 먹었다. 그리고 단속사 절터를 향해 갔다.

밤머리 재 밑에서 차를 세웠다. 절터를 물어보기 위해서이다. 지나가는 젊은 남자에게 물었다. "지리산 근방에는 없소." 거침없이 답을 하며 지리산 반대쪽을 향해 가버린다. 다시 소떼를 몰고 가는 노인에게 물었다. "아, 운리에 있는 빈 절터 말이군." 하고 가는 길을 자세하게 일러주었다. 그리고 "아직도 갈 길이 멀었소." 했다. 실상사 단청 밑에서 들었던 "아직 멀었다." 하는 말을 또 듣게 되었다. 완성의 끝에 서기까지, 목적지에 도달할 때까지 우리는 얼마나 긴 시간을 흘려 보내야하는가.

단속사 절터에는 당간지주와 삼층석탑 한 쌍과 육백 년의 나이를 먹은 매화나무만 있었다. 융성했던 절의 모습은 아무것도 없었다. 나는 왜 모든 것이 사라지고 없는 빈 땅, 그 흔적 위에 서고 싶어 하였을까. 텅 빈 공간 속으로 들어와 보려고 했던 것일까.

그때로부터 다섯 해가 지나간 지금, 나는 또 세 번째로 실상사를 찾아간다. 비에 젖은 지리산을 향해 가랑비 밑을 뚫고 간다. 아름답게 치장된 단청을 만나보기 위해서이다.

절 마당에 들어섰다. '대웅전 증축 불사(佛事)' 라는 현수막이 걸려 있다. 법당인 보광전의 모습은 지난날과 똑 같았다. 아무것도 변한 것이 없었다. 일주문 문루에만 화려하게 단청이 채색되어 있다.

신라 흥덕왕 때 창건된 실상사는 이조 세조 때에 화재로 전소되어 이백 년 동안이나 폐허로 있다가 숙종 때 다시 재건되었다고 한다. 여러 차례의 수난 탓인가 긴 역사에 비해 법당인 보광전의 모습은 작고 초라하다. 비는 그쳤지만 낮게 깔린 구름 때문에 마당의 석등이며 석탑도 쓸쓸하고 우울해 보인다.

보광전을 바라본다. 언제쯤이면 완벽하게 증축되어 대웅전의 위엄을 갖출 수 있을까. 번창했던 실상사의 옛 명성을 되찾을 수 있을까.

닫혀 있던 법당의 문이 열리더니 잿빛 승복을 입은 여승이 밖으로 나왔다. 스님은 댓돌 위에 벗어둔 흰 고무신을 신고 절 바깥으로 걸어간다. 우리도 스님 뒤를 따라 일주문을 통과하여 다시 속세로 돌아왔다.

실상사와 마을 사이에 있는 강을 건너오기 전, 길가 노점에서 헛개나무 껍데기 한 묶음을 샀다. 헛개나무라는 공허한 이름에 마음이 끌렸기 때문이다.

등이 굽은 장사꾼 할머니에게 대웅전의 증축 이야기를 꺼냈다. 그는 "살아생전에는 볼 수 없을 것이요." 하며 겨울나무 같은 손으로 볶은 콩 한 움큼을 쥐어준다. 노파의 손에서 내게 건네 온 콩 한 움큼, 그 무게가 나뭇잎처럼 가볍다.

손에 들고 있는 헛개나무 껍질의 무게도 매우 가볍다. 나무의 뿌리며 줄기 등 생명의 끈에서 분리된 나무 껍데기는 이제 본질은 없어지고 허깨비, 헛꿈 같은 허허한 모습만 남았다.

한차례 바람이 불었다. 곁에 있는 팽나무 잎이 우수수 떨어진다. 문득 깨닫는다. 실상사의 아름다운 단청이며 지난날의 소문만 남아있는 단속사의 빈 절터며 육백 년의 나이를 먹은 매화나무도 헛개나무와 같은 무게인 것을, 살아생전에 볼 수 없는 것을 찾아 헤매고 다니는 나의 행위도 지리산 자락을 왔다 갔다 하는 한 자락 바람인 것을.

나는 헛개나무가 살고 있었을 지리산을 한번 쳐다보고 그곳을 떠났다. 실상사와 관계가 있는 헛개나무 껍데기만 가슴에 보듬고 높고 험한 밤머리 재를 도로 넘었다. 공허한 목소리로 헛개나무 이름을 한 번 불러 보았다.

살구나무의 소멸

살구나무는 우리 집의 자랑이었다. 봄날의 꽃, 익은 열매의 맛, 가을날 마른 잎의 흩날림 등 살구나무는 그렇게 우리 곁에서 십여 년을 함께 살았었다.

높이 솟아오른 나무의 맨 끝, 그 정상에는 언제나 푸른 창공이 있었고 살구나무는 해마다 더 높은 곳을 향하여 키가 쑥쑥 커 갔다.

살구나무 밑에 서면 고향의 문전에 들어선 것 같은 반가운 기분이 되기도 하고 긴 수명을 누리며 나보다 더 오래 우리 집을 지켜줄 것 같은 마음이 들기도 했다.

그 살구나무가 그만 죽어버렸다. 번성하던 나무가 왜 죽었는지 이유를 알 수가 없었다. 어떤 사람은 깊은 병이 들어 죽었다고 하고 또 어떤 사람은 다시 소생할지 모르기 때문에 때를 기다려 보라고도 했다.

우리는 새잎이 돋아나기를 애타게 소망하며 두 해를 기다렸다. 그러나 나무의 잔가지들은 작은 바람결에도 부서져 내리고 나무 등걸도 거칠고 피폐해 갔다.

하루는 남편이 죽은 나무의 모습이 청승스러워 보인다 하며 베어 버리자고 했었다. 나도 뼈만 남아있는 나무를 보는 것이 가슴 아프다. 하지만 나는 남편의 말을 들은 체 만 체 했다.

며칠 동안 소멸에 대한 생각을 많이 하였다. 어떤 분의 장례식에 다녀온 후 더 그랬었다. 존재의 사라짐, 그 소멸의 과정을 속수무책으로 바라보아야 하는 인간의 무력함을 생각하였다.

어느 아침, 나는 남편에게 "살구나무를 그만 베어버리세요." 하고 단호하게 말을 하였다. 그리고 하루 종일 외출을 했다. 살구나무를 잘라내는 톱질소리를 피하여 집을 나왔는데도 자꾸만 톱질 소리가 귀에 들려왔다. 식물원 앞을 지날 때는 다시는 나무를 심지 않을 것이다, 살아있는 생명에게 절대로 정을 붙이지 않을 것이다, 하며 마음 속 다짐을 했다.

해가 진 후 대문 안으로 들어섰다. 살구나무는 땅에 누워 있었다. 톱질을 해댄 남편의 모습도 지치고 허전해 보였다. 나무가 서 있던 자리는 텅 비어 있고 우리의 자랑이었던 살구나무의 모습은 온데 간 데 없었다.

그 후, 사라져버린 살구나무는 때때로 환상 속에서 분홍빛 꽃잎들을 내게로 날려 보내기도 하고 황금빛 열매를 주렁주렁 매달고 우리 집 뜰에 들어서기도 했다. 살구나무는 세상에서 영원히 모습을 감추었는데 그에 대한 기억들은 오랫동안 나를 지배하였다. 그리고 살구나무의 빈자리와 싸우느라 힘이 들었다.

일 년이 지나갔다. 친구에게서 전화가 걸려왔다. 지난번 장례식장에서 통곡을 하던 친구이다. 그는 이제 밥도 잘 먹고 잠도 잘 잔다고 하였다. 밥을 먹는 것, 잠을 자는 것, 이런 원초적인 삶의 질서를 다시 되찾기까지 그가 울면서 보낸 시간들. 그 길이가 매우 긴 것 같기도 하고 짧은 것 같기도 했다.

다시 일 년이 흘러갔다. 봄이 왔다. 남편은 살구나무가 있던 자리가 허허하다 하며 그 자리에 또 나무를 심자고 하였다. 그날도 나는 그 말을 못들은 체 하였다.

찔레꽃이 피었다. 눈부시게 피어난 찔레꽃 곁으로 갔다. "아, 예쁜 꽃." 하며 꽃향기에 취하였다. 그때 문득 깨우쳤다. 살구나무가 서 있던 자리를 내가 예사롭게 지나 들찔레 곁으로 왔음을, 베어지고 남은 살구나무의 그루터기를 아무렇지도 않는 기분으로 밟고 서서 찔레꽃과 수작을 부리며 희희낙락하고 있었음을.

살구나무와 우리의 관계는 이제 끝이 난 것일까. 이 세상에서 얽혔던 인연의 매듭이 풀리어 서로 자유로운 관계가 되었는가. 다시는 다른 나무에게 정을 붙이지 않겠다고 다짐을 했던 나의 맹세는 팔랑개비보다도 더 가벼운 인간의 속성이었던가.

나는 내일쯤 남편에게 "살구나무가 있던 자리에 새 나무를 심어요." 하고 말을 건넬 것이다. 새로운 나무를 추천할 것이다.

존재의 소멸, 그 막막했던 고통의 기억을 건망증 환자처럼 잊어버린 나는 식물원에 찾아가서 집에 심을 새 나무를 또 탐색할지 모르겠다. 나무의 모습이 잘 생겼다느니 꽃이 향기롭다느니 열매의 빛깔이 곱다느니 하며 큰 소리로 떠들어댈지 모르겠다.

팽나무처럼 살고 싶다

감나무 밑에서 열매를 헤아리고 있을 때였다. 눈에 이상이 있는 것을 알게 되었다. 잎사귀 밑에 숨어있는 열매가 어찌 보면 아홉 개 같기도 하고 또 어찌 보면 열세 개 같기도 하면서 눈을 혼란시켰다. 하늘에 떠 가는 비행기를 올려다보았다. 은빛의 물체가 두 개가 되었다가 한 개가 되었다가, 높아졌다가 낮아졌다가 했다.

안과에 갔다. 의사의 말은 양쪽 눈의 시력이 짝짝이가 되어 서로 초점이 맞지 않는 탓이라고 하며 무엇을 볼 때 비스듬히 누워서 본 때문이라고 말했다.

안경점에 가서 양쪽 도수가 각각 다른 안경을 맞추었다. 이제 돋보기와 함께 두 개의 안경을 갖게 되었다. 안경점 주인이 나이도 있고 하니 금테안경을 장만하라고 권한다. 금빛 안경테 안에서 호강을 누릴 나의 눈을 생각하니 웃음이 쿡 나왔다. 웃음을 동의의 표시로 알았는지 즉시 금테 안경들을 늘어놓는다.

"진짜 금테는 아니지만 얼핏 보면 금으로 만든 것처럼 보인다." 하며 그중 한 개를 권한다. 눈에 껴 보았다. 앞에 있는 것들이 선명하게 드러난다. 그것을 샀다.

금테 안경을 낀 나를 보고 가족들이 한 마디씩 하였다. 딸애는 "나이가 들어 보인다." 했고 아들들은 "권위가 있어 보여 사회활동을 하는 여류명사 같다."고 했다. 남편은 "왠지 만만해 보이지 않는다."고 말했다. 아무도 금테 안경을 낀 나의 모습이 멋스럽다고 하지 않았다.

나는 나이가 들어 보인다느니, 권위가 있어 보인다느니 하는 아이들의 말보담 항시 만만한 존재로 옆에 있기를 바라는 남편의 말에 심술이 나서 언제나 금테 안경을 끼고 있으리라 생각을 했다.

상점 앞을 지날 때면 유리창에 어른거리는 자신을 보게 된다. 금테 안경 밑에서 기가 죽어있는 눈이며 콧등이 타인의 모습을 보는 것처럼 어색하다.

하루는 새댁 시절을 동네에서 함께 보낸 여자를 만났다. 그도 금테 안경을 끼고 있었다. "안경을 껴야 할 만큼 나이를 먹었군." 하며 우리는 쓸쓸한 말들을 하였다. 금테 안경을 껴야할 연령의 층계, 그 나이란 채울 것이 없는 공허한 마음을 가짜 금테안경을 끼고라도 버티어 보고 싶은 나이, 금테 안경으로 얼굴을 장식하며 잃어가고 있는 자신감을 번쩍이며 일으켜 세우고 싶은 나이, 이런 것을 두고 하는 말이 아닐까.

야외에 나갔다. 차를 몰던 남편이 나를 보고 "금테 안경을 끼고 자연을 감상하는 모습이 너무 근엄해 보이는군." 하였다. 무안하여 얼른 안경을 벗어버렸다. 그리고 눈을 감았다.

그동안 나는 비스듬히 누운 채 세상을 얼마나 거만하게 보아 왔길래 짝짝이 눈이 되고 말았을까. 눈앞에 있는 사물들을 정확하게 바라보던 지혜로움을 잃어버리고 말았을까.

갑자기 "저 나무 봐라." 하고 남편이 소리친다. 잘 생긴 나무 한 그루가 들판 가운데 있다. 팽나무였다. 늠름하게 서 있는 팽나무의 모습은 산과 들에 둘러싸여 자연의 한 부분이 되어있다.

팽나무는 한창 단풍이 드는 중이었다. 안경을 벗어버린 짝짝이 눈에 비친 팽나무는 술에 취하여 비틀거리는 것처럼 흔들려 보이기도 하고 표표한 나뭇잎들이 수없이 겹쳐져 손뼉을 치고 있는 것 같기도 하다.

서로 도수가 맞지 않는 눈을 번갈아 감았다 떴다 하며 나무를 본다. 오른쪽 눈을 감으면 왼쪽 눈에서 모양새가 똑똑하게 살아나고 왼쪽 눈을 감으면 오른쪽 눈에서 빛깔이 더욱 선명하게 드러난다. 나뭇가지 사이로 들락날락 하고 있는 새떼들이 보인다. 열매를 따먹고 있는 것 같았다.

문득 '저 팽나무처럼 살고 싶다.' 하는 마음이 든다. 계절의 왕래에 온 몸을 맡기는 팽나무의 삶, 주위의 부대낌이 없이 사방팔방으로 마음대로 가지를 뻗어가며 자유롭게 살고 있는 삶, 정처 없는 새들에게 열매로 보시를 베풀며 모든 것을 내어주는 삶, 그 삶의 순리가 매우 아름답게 느껴진다.

갑자기 몸에 지니고 있는 돋보기며 금테 안경이며 신경통을 치료한다는 팔찌 등이 한없이 무거운 생각이 든다. 그리고 돋보기며 금테 안경까지 끼고 상대방을 바라보며 그에게 붙어있는 티끌까지 찾아낼 것이 아니라 두 짝눈을 번갈아 감았다 떴다 하며 눈에 보이는 그대로 건너다보고 싶은 생각이 든다.

상대방도 안경을 끼지 않는 눈으로 나의 허물을 눈감아 주기를 바라고 싶다. 그러고 보니 나의 금테 안경은 별 쓸모가 없을 것 같기도 하다.

감나무 밑에 서면

감나무 두 그루가 마당에 있다. 하나는 단감나무이고 하나는 떫은 감나무이다. 두 감나무가 집에 온 지 십년이 훨씬 넘는다.

감나무 밑에 서면 집에 데리고 올 나무들을 찾아다니던 즐거웠던 시절이 떠오른다. 나는 왜 그렇게 나무를 곁에 두고 싶어했을까. 감나무 두 그루도 원고료를 지불하고 사다 심은 것들이다. 그때 서울의 K신문사에서 가을에 관한 글 한 편을 청탁하였고 글값인 원고료를 들고 식물원을 찾아갔었다. 수필 한 편과 감나무 두 그루와 맞바꾼 셈이다.

처음 집에 올 때의 감나무 높이는 다섯 자도 채 되지 않았다. 그렇게 키가 낮았었다. 우리는 감나무의 모양새에 따라 키가 조금 큰 것은 언덕 위에, 작은 것은 마당에 심었었다. 아이들은 키가 큰 나무를 보고는 남자 나무, 작은 것은 여자 나무 하며 웃고 떠들었다. 그렇게 두 그루의 감나무는 잔칫집처럼 흥겨워 하는 아이들의 웃음 속에서 우리 집 땅 속에 뿌리를 묻었다.

처음에는 어느 것이 단감나무인지 어느 것이 떫은 감나무인지 구별을 할 수가 없었다. 그리고 몇 년 동안은 감꽃만 피워댈 뿐 열매를 맺지 않았다. 떨어지는 감꽃을 주워 담으며 결실을 맺지 못하는 감나무들을 안타깝게 바라보기만 했었다.

어떤 사람이 감나무는 땅에 심은 지 삼 년이 지나야만 열매를 보여준다고 하였다. 우리는 삼 년의 세월을 햇수를 헤아려 가며 기다렸다.

드디어 감이 열렸다. 남자 나무라고 했던 큰 나무는 떫은 감이 열리고 작은 나무에는 단감이 매달렸다. 나는 감나무 밑에 서서 여물어 가고 있는 감의 숫자를 자주 헤아렸다. 그러나 스무일곱 개쯤에서 언제나 숫자를 잊어버리곤 하였다. 새끼 감들은 요술을 부리듯 푸른 잎사귀 뒤로 몸을 숨기었다.

단감나무의 잎과 열매는 떫은 감나무에 비해 색깔이며 모양이 부드럽고 순하다. 하지만 넓은 잎을 너풀거리고 있는 떫은 감나무의 모습이 더 힘차고 운치가 있어 보인다. 단감은 맛이 들면 곧 따 내리지만 맛이 떫은 생감은 오래도록 나무에 달려 있다. 붉은 감들이 초롱불을 켠 듯 나무에 매달려 있는 모습은 늦가을의 스산한 기분을 따뜻하게 덥혀 주곤 하였다.

지난가을, 집으로 돌아올 때였다. 우리 집 대문이 보이는 골목길로 들어섰다. 어떤 부부가 앞에서 걸어가고 있었다. 동네에서 만난 적이 없는 낯선 사람들이었다. 그들은 담 위로 솟아 있는 감나무를 보고 걸음을 멈추었다. 그리고 이런 말을 하였다.

"붉은 감이 꽃보다 더 예쁘네." "감나무 꼭대기에 까치밥이 남아 있네." 이 말은 여자가 한 말이었다. "첫서리를 맞은 생감은 단감보다 더 감칠맛이 있지." "감나무는 나무 중에서 매우 오래 사는 나무이다." 이것은 남자가 한 말이다.

나는 그들의 말을 엿들으며 연방 고개를 끄덕였다. '꽃보다 예쁜 감' '까치밥' '감칠맛 나는 생감의 맛' 등을 이미 알고 있기 때문이다. '오래 사는 나무' 라는 말을 들었을 때는 인간인 우리보다 더 먼 날까지 집을 지키고 있을 감나무들을 경이롭게 올려다보았다.

언젠가 읽은 글이 기억난다. 옛사람들은 감나무를 두고 칠절(七節)의 나무라고 하였다. 좋은 그늘을 만들어 주는 나무, 오래 사는 나무, 벌레가 없는 나무, 새가 집을 짓지 않는 나무, 단풍이 고운 나무, 맛이 일품인 나무, 잎이 커서 글씨를 쓸 수 있는 나무라고 칭찬을 했다.

감나무에 대한 칭송은 이것 뿐 아니다. 넓은 감나무 잎에 글을 쓸 수 있어 문(文)이 있고 나무의 심지가 단단하고 가벼워 화살을 만들 수 있어 무(武)가 있고 익은 감의 속과 겉이 붉어 표리가 없어 충(忠)이 있고 치아가 없는 늙은 부모도 쉽게 드실 수 있어 효(孝)가 있고 늦가을 서리가 내릴 때까지 고고하게 남아 있어 절(節)이 있다하여 오상(五常)의 나무라고 불렀다 한다. 이 글을 읽은 후 더욱 감나무를 좋아하게 되었다.

우리 집 가족사진 속에는 언제나 감나무가 배경으로 서 있다. 햇빛을 받은 감나무 잎들이 머리 위에서 빛나고 있다. 최초로 넥타이를 매고 정장을 해본 아들들과 딸애가 기념사진을 찍은 장소도 이 감나무 아래일 것이다. 아직 미혼이었던 아이들은 반짝이는 감나무 잎처럼 그렇게 눈부시고 풋풋하였다.

지금은 이른 봄, 다른 나무들은 조금씩 물이 오르는데 감나무는 아무 소식이 없다. 나는 하루에도 몇 번씩 감나무 곁으로 간다. 그때마다 죽어 버린 것이 아닐까 하며 가슴이 철렁해진다. 나무의 표피를 손톱으로 긁어 푸른빛 생명의 흔적을 확인한 후에야 비로소 안심을 한다.

십여 년 전, 그때 쓴 수필 구절이 생각난다. 그 글값인 원고료로 감나무들을 사 왔기 때문에 기억에 남아 있다. '밤에 찻잔을 씻고, 부드러운 이불을 아이들 몸에 덮어주고 조용히 문을 닫고, 드디어 등불을 끄고 이렇게 가을밤은 깊어 간다.' 이런 글이었다.

이제 부드러운 이불을 몸소 덮어 줄 자식들도 곁에 없고 깊은 밤에 찻잔을 씻는 일상의 분주함도 없어졌다.

감나무 밑에 서면 우리가 지어 올린 집이 한눈에 들어오고 창가에서 피어오르던 아이들의 웃음소리가 귀에 쟁쟁해진다. 감나무 밑에 서면 십 년이 넘는 긴 세월, 그 소중한 것들이 눈에 밟힌다.

풋 열매로 시작한 생명이 마침내 익어가던 순서들이 눈에 보인다.

오늘도 나는 아이들이 여자 나무라고 하던 단감나무 밑에 서서 맞은편 떫은 감나무를 건너다본다. 그 감나무도 조금씩 늙어 가고 있다.

목련나무를 버리다

나무 한 그루가 눈에 거슬렸다. 어느 사이 쑥쑥 커서 마당도 가리고 앞산도 가려버린다. 꽃을 피우고 있는 백일홍도 능소화도 볼 수 없다. 시야를 방해하고 있는 나무가 성가신 느낌이 들었다. 점점 비대해지고 있는 나무가 버거운 생각이 들었다.

나무를 처분할 궁리를 하였다. 처음에는 누군가가 돈을 내고 사 가기를 바랬다. 두 번째는 다른 나무와 맞바꾸었으면 하였다. 우리 집에 없는 복사나무나 배나무 같은 것과 교환하고 싶었다. 꽃도 보고 열매도 얻고 이익이 될 것 같았다.

식물원 사람을 불렀다. 설명을 들은 남자가 대뜸 "어렵다."고 하였다. 나무가 크고 오래되어서 작업비도 만만치 않고 다른 곳으로 옮기면 죽을지 살지 알 수 없다고 했다. 이제 너무 늙어 누구에게도 환영받지 못하는 나무, 버림받는 신세가 된 나무, 오래된 것의 비애가 느껴졌다.

가을이 되었다. 식물원에서 다시 연락이 왔다. 공짜로 주면 옮겨 가겠다고 했다. 공짜로 갖고 가서 웃돈을 받고 팔아먹으려는 눈치였다. 우리도 이 나무를 공짜로 얻어와 심었었다. 공짜로 왔으니 공짜로 가버려도 무방하다.

인부 세 사람이 달려들어 나무를 캐어 내었다. 뿌리가 길게 뻗어 애를 먹었다. "깊이 뿌리를 내린 나무를 뽑아버리다니." "깊이 정이 든 나무를 남에게 주어버리다니." 하며 늙은 인부가 끌끌 혀를 찼다. 깊이 뿌리를 내린 나무, 깊이 정이 든 나무라는 말에 가슴이 뜨끔하였다.

마침내 억센 인부들의 힘에 이끌리어 나무가 집 밖으로 나갔다. 골목 끝으로 사라지는 나무를 전송하며 "새 땅에 가서 탈없이 잘 살아라." "더욱 힘차게 자라나서 아름다운 거목이 되어라." 하고 마음속으로 빌었다.

봄이 왔다. 나무가 있었던 빈 자리에 철쭉 한 그루를 심었다. 키가 작아 마당이며 앞산이 훤히 보였다. 그러나 옛 나무가 자꾸 눈에 밟히었다.

나무의 전지를 하기 위해 식물원 사람이 왔다. 우리 집 나무를 캐어간 인부이다. 대문 안으로 들어서는 그에게 먼저 나무의 안부를 물었다. "죽어버렸소." 간단하게 대답을 했다. 왜 죽었는지, 언제 죽었는지, 설명이 없었다. 나뭇가지만 댕강댕강 잘라내고 있었다.

늦가을에 나무를 옮기면 얼어 죽기 쉽다는 옛말이 기억나고 겨울 한파 속에서 떨고 있었을 나무의 흔들림이, 새 토질에 적응하기 위해 끙끙 앓고 있었을 나무의 아픔이, 영양분을 섭취 못해 빼빼하게 말라가는 나무의 야윈 모습이 상상이 되었다.

"왜 죽였소. 얼려 죽였소. 굶겨 죽였소." 하며 따져 보고 싶었다. 그러나 그런 말을 할 자격이 내게 없음을 깨닫는다. 나도 나무 죽이기의 공범자라는 깨우침 때문이다. 시야를 방해한다는 이유로, 오래된 나무라는 이유로 바람 부는 대문 밖으로 몰아낸 나도 나무를 죽게 한 공범자임이 틀림없다.

새로 심은 철쭉을 보고 인부가 싱싱하고 새 맛이 난다고 하며 늙은 석류나무도 바꾸어 버리라고 한다. 그는 나를 새 것에 현혹되어 옛 것을 쉽게 버리는 인정머리 없는 사람으로 알고 있는 것 같다.

나는 석류나무를 보호하듯이 앞을 막아섰다. 바꾸지 않을 것이라고 못을 박았다. 나무의 목숨을 다른 사람에게 절대로 맡기지 않겠다고 다짐을 하며 돌아가는 인부 뒤에서 대문을 쾅 닫았다.

석류나무를 올려다본다. 끝가지가 하늘에 닿아있다. 오래된 석류나무는 우리가 견주어 볼 수 없는 높은 키로 하늘의 세계를 누리고 있다.

문득 이런 말을 하고 싶은 마음이 들었다. "죽은 나무에게도 빛나던 시절이 있었지요. 순결한 꽃, 도도한 잎, 높이 솟아오르던 나무의 몸, 그런 빛나던 때가 있었지요. 좁쌀 같은 인간의 변덕이 은혜로운 옛 일을 쉽게 잊어버리고 말지요. 근원도 잊어버리지요. 옛것과 새 것, 과거와 미래, 시작과 끝남, 그 공존의 조화를 깨뜨리고 말지요. 무엇보다 두려운 것은 나도 늙어가고 있다는 사실을 망각하는 일이지요." 나는 이 말을 제일 먼저 나 자신에게 들려주고 싶었다. 죽어버린 나무에게도 사죄하듯 해보고 싶었다.

내가 문 밖으로 밀어낸 나무, 그 나무가 우리 집 울타리 안에서 이십 년을 함께 살아온 목련나무이다. 꽃을 피워 올릴 때마다 손뼉치고 환호하며 칭송하던 흰 목련 나무이다.

커다란 굴밤나무 밑에서

'커다란 굴밤나무 밑에서.' 하는 이 노래는 요사이 내가 즐겨 부르는 동요이다. 아침에도 부르고 낮에도 부르고 밤에도 부른다. 이 노래뿐 아니고 '눈 감기고 팔 벌려 이리저리 찾는다.'도 부르고 '학교 종이 땡땡 친다.' 또는 '반짝반짝 작은 별.' 등의 노래도 부른다. 이밖의 다른 동요들도 어린 날의 기억을 더듬어서 불러댄다. 나의 노래를 들어주는 사람은 어린 외손자밖에 없다.

외국에 나가있는 부모와 잠시 떨어져 우리 집에 와 있다. 나는 종일토록 아이 곁에 머물며 그가 좋아하는 놀이며 이야기를 찾아내고 있다. 그 중에서 동요를 불러주면 제일 즐거워한다. 나는 일부러 아기 목소리를 내기도 하고 어떤 때는 아이의 요구에 따라 춤도 춘다.

커다란 나무를 표현할 때는 두 팔을 높이 흔들어 대고 굴밤을 나타낼 때는 손가락으로 동그랗게 열매 모양을 만든다. 그때마다 아이도 나의 흉내를 내며 기뻐한다. 나도 기쁨이 솟아오른다. 어쩌면 아이가 나를 보고 즐거워하는 것보다 내가 아이에게서 받는 기쁨이 더 큰 것 같다.

요사이는 아이가 졸라대지 않는데도 혼자 동요를 흥얼거린다. 부엌에서 쌀을 씻다가도, 걸레를 빨다가도 부른다. 모든 걱정은 사라지고 아무 근심이 없었던 어린 날의 내가 된다.

그리운 나의 유년 시절, 유년의 기억 속에 솟아 있는 커다란 나무들, 나무들 속에는 굴밤나무도 있고 살구나무도 있고 호두나무도 있다. 그 나무들도 늙어가고 있을까. 하늘로 치솟아 더욱 큰 나무가 되어있을까.

우리는 그동안 유행가 같은 어른의 노래만 불러대며 살아 왔다. 모두 구성지고 애잔한 사랑의 노래, 이별의 노래, 그리움의 노래들이었다. 사랑의 아픔이며 별리의 고통을 함께 공감하고 그리움이 얼마나 가슴 아픈 사무침인가를 느끼며 지내왔다.

그러나 지금, 나는 어린 외손자 때문에 다시 유년의 동요 속에서 철없던 날의 기쁨을 되찾고 있다. 커다란 나무 밑에서 함께 뛰놀던 친구들, 눈감기고 팔 벌리면서 찾아낸 술래잡기의 옛 동무들, 땡땡 울려대던 학교의 종소리며 밤하늘에서 반짝이던 보석 같았던 별들, 아, 유년의 기억은 어찌 이리도 황홀한 것인가. 아름다운 것인가.

앞으로 나는 아이 때문에만 동요를 불러댈 것이 아니고 나 자신을 위해서도 부르고 싶다. 작은 별의 노래를 부르며 별을 따러가자 고 졸라대던 어린 날의 철없음, 부족한 어휘 대신 손짓 발짓으로 모든 것을 표현하던 어린 날의 춤, 어린 날의 특권을 다시 누려보고 싶다.

어저께였다. 낮잠을 자고 있는 아이 곁에서 자장가를 부르듯이 '커다란 굴밤나무 밑에서.' 하며 아이의 몸을 토닥거리고 있었다. 그때 단풍잎처럼 작은 손과 분홍빛 손톱이 눈에 들어왔다. 꽃 주머니 같은 발이며 발톱도 눈에 들어왔다. 저 작은 것이 언제 자라나서 어른의 손이 될 것인가. 발이 될 것인가. 커다란 굴밤나무와도 같은 은혜로운 존재가 될 것인가. '커다란' 이라는 뜻 속에는 그저 큰 것만이 아닌, 큰 것이 되기까지의 세월과 인내, 성장의 아픔과 기쁨의 의미가 담겨 있다.

나는 아이에게 다른 나무의 이름도 알려 줄 것이다. 하지만 아이는 "아니야, 굴밤나무야." 하며 소리칠지도 모르겠다. 언제였던가. 대추나무 곁에서 매달린 열매를 보여주었더니 "굴밤나무야" 하고 소리를 질렀다. 아이는 계속 굴밤나무라고 고집을 부렸다.

한 번도 본 적이 없는 굴밤나무를 가슴속에 아름답게 가꾸고 있는 어린 손자. 내가 아이를 핑계로 커다란 굴밤나무의 노래를 즐겨 부르는 것도 옛 기억 속의 굴밤나무가 아직도 가슴속에 우뚝 서있기 때문일 것이다. 굴밤나무 밑에서 누렸던 어린 날의 기쁨이 아직도 가슴속에 남아있기 때문일 것이다.

수도원의 은행나무

성신 강림절을 맞이하여 오스트리아에 있는 크렘스뮌스타 수도원에서 축일을 보내었다. 마을을 가로질러 크렘스 강이 흐르고, 언덕 위에는 천이백 년의 역사를 지닌 수도원이 있다.

서기 8세기 초, 이곳에 사냥을 나온 영주의 아들이 그만 멧돼지에게 물려 죽었었다. 슬픔에 빠진 영주는 아들의 영혼을 위로하기 위해 그가 숨진 자리에 성당을 세우고 수도원을 창설했다고 한다. 지금도 성당 입구에 아들의 석관이 보존되어 있고, 영주가 바친 순금 성배와 황금 제단이 있다.

수도원 문 앞에 한 그루 거대한 은행나무가 서 있다. 이곳에서는 은행나무를 '킹콩 바움' 이라고 부른다. 은행나무는 사방팔방으로 가지를 뻗어가며 아름답고 호기롭게 자라고 있었다.

나는 수도원 미사에 갈 때마다 은행나무를 만난다. 나무 밑에는 검은 말이 매여 있기도 하고, 은행잎 같은 노랑머리의 서양 아이들이 놀기도 한다.

하루는 연로하신 앵게르벨트 신부님이 나무 밑에 앉아 계셨다. 노인 신부님은 은행나무를 가리키며 원산지가 동양이니 너희 고향의 나무라고 하시었다. 그리고 십칠 세의 나이로 수도원에 들어올 때부터 있던 이 나무는 한 번도 열매를 보여 주지 않는다고 의아해 하였다. 은행나무는 적당한 거리에 두 자웅의 나무가 있어야 결실을 맺는 것으로 알고 있다. 이러한 이치를 수도승에게 어떻게 설명을 할 수 있으랴.

동양의 산야에서 떠나와 서양의 땅에 심어진 나무, 회임(懷妊)의 보람과 고통을 모르고 수도승처럼 서 있는 불임(不妊)의 나무, 개화의 칭송이며 결실의 상급도 없이 마지막 잎들이 황금빛으로 물들며 혼자 찬란하게 반짝이는 나무, 그것이 삶의 목적이 되고 있는 나무. 이 은행나무에 서린 목령(木靈)의 숨결은 노(老) 수도승들의 완성된 찬미가인가. 젊은 수도승이 바치는 미완(未完)의 기도문인가.

지금 수도원은 천이백 주년을 맞이하여 축제의 미사가 그치지 않는다. 대미사의 장중한 서곡이 울리면 긴 제의를 입은 노소의 사제들이 석주의 주랑 사이로 나타난다. 그들 뒤에는 흰 옷의 소년들이 은으로 만든 종이며 성작을, 또는 펼쳐진 성서와 촛불을 들고 천천히 따라 나온다.

그레고리안 미사곡이 시작되면 종탑 위의 크고 작은 종이 일제히

울리고, 닫히었던 황금 제단의 문이 활짝 열린다. 밀초가 타는 냄새, 펄럭이는 황촉(黃燭)의 불꽃, 염경하는 기도문 소리가 벽면에 부각된 천사의 날개 끝이며 대리석 기둥 사이를 감돌다가 사라지고 또 이어진다.

이제 탄탄한 구리 기둥처럼 확고한 신념으로 차 있는 노(老) 사제들의 떨리는 봉헌문 소리와 거기 화답하는 젊은 사제들의 열정적인 소리들이 조화를 이루며 성당 구석구석까지 퍼져나간다.

남자들만으로 이루어진 이 집단은 시작과 끝에 이르는 연령의 층계를 이루고 있다. 그러나 같은 지향은 완전한 합일을 이루고 있으며 이 기묘한 조화는 한 폭의 그림을 보는 것처럼 아름답다.

미사가 끝나면 축제의 행렬은 성당을 벗어나 은행나무 밑을 지나갈 것이다. 행렬의 맨 앞에서 걸어가는 소년들은 장난기 어린 눈을 들어 은행잎 사이로 하늘을 올려다 볼 것이고 젊은 사제들은 먼 수도의 길을 생각하듯 나무 끝에 일고 있는 바람 소리를 들을 것이며 노 사제들은 안식의 그늘로 가득한 은행나무의 은혜로움을 깨달을 것이다.

결실의 열매를 꿈꾸며, 그러나 그 지향을 하늘에 쌓으며 고고하게 서 있는 승원의 은행나무는 오늘도 수도원의 문전에서 바람 소리를 내고 있다. 수도원을 지키고 있다.

야생 목(木)

그 야생 목(野生木)을 최초로 본 것은 오랜 옛날, 미술 교사의 첫 발령을 받고 학교를 찾아갈 때였다. 동해의 항구에 있는 여학교를 향해 가고 있었다.

그때 나는 무슨 생각을 하고 있었을까. 첫 근무지에 대한 기대와 불안감, 무언가가 되고 싶고 또 무언가가 되는 것에 대한 두려움, 나의 젊음을 지배하고 있던 이유 모를 고뇌와 그리움, 이런 상념에 젖어 낯선 곳을 향해 가고 있었다. 차창 밖으로 어른거리는 풍경은 봄인데도 쓸쓸하고 삭막했다. 넓은 들은 비어 있었다.

간이역을 통과한 열차가 긴 터널을 빠져나가자 갑자기 눈앞이 훤히 트이고 혼자 서 있는 나무 한 그루가 차창으로 다가왔다. 나는 '참 외로운 나무이다.' 하며 그 나무를 처음 만났었다. 야윈 새 몇 마리가 나무 위로 날아오르던 기억이 난다.

절벽 위에 멋스럽게 서 있는 노송도, 잎이 무성한 상록수도 보였지만 산비탈의 쓸쓸한 나무가 의식 속에 깊이 각인된 이유가 무엇일까.

이름 모를 간이역, 이름 모를 나무, 그 이름 모르는 것들은 순식간에 눈앞으로 다가왔다가 또 순식간에 곁을 스쳐가 버렸다.

다음 날, 바닷가 여학교에서 첫 제자들을 만났었다. "선생님, 선생님" 하고 머리를 나풀거리며 내게로 달려오던 소녀들, 소녀들의 모습은 금빛 물결처럼 반짝이고 있었다. 바닷가의 따스함, 바닷가의 아득함이 다시 생각나고 소녀들의 행방이 궁금해진다. 그들은 모두 어디 있을까.

나는 지금도 그 야생 목의 이름을 알지 못한다. 한 번은 옆자리의 승객에게 "저 나무를 보셔요, 나무의 이름이 무엇일까요." 하고 물었지만 이미 그의 눈에도 나의 눈에도 나무는 떠나고 없었다. 그리고 고향 길은 방학을 이용하기 때문에 헐벗은 겨울 나목의 모습이나 푸른 잎을 달고 있는 여름나무 밖에 볼 수 없어 한 번도 그 나무가 미려하다거나 향기로운 나무라고 생각한 적이 없다.

친정어머님의 위독한 전갈을 받고 달려갈 때였다. 신록의 오월, 그날 오월의 기쁨 속에 서 있는 나무가 차창 밖으로 보였지만 안타까움과 두려움 때문에 나는 어떤 생각도 할 수 없었다. 돌아오는 길, 임종의 자리조차 지키지 못한 회한으로 내가 울고 있을 때 나무는 눈물 속으로 흔들리며 들어왔다가 또 흔들리며 사라져 버렸다.

지난 봄, 갑작스러운 일로 다시 그 열차를 타게 되었다. 낯익은 산이며 촌락들이 여리고 따뜻한 봄의 기운에 싸여 있었다. 그날, 그 나무는 황홀하게 변신하여 우뚝 서 있었다. 계절의 산문시처럼 희고 순결한 꽃을 화사하게 매달고 있었다.

젊은 날의 흔들림 속에서 처음 만나고, 육친의 죽음, 그 통한의 시간에 눈물 속으로 달려오고 마침내 지금, 비로소 나의 눈앞에 찬란하게 변모하여 서 있는 나무, 문득 아득한 지난날의 어떤 나무가 떠오른다.

어린 시절, 성당에서 첫 영성체를 했었다. 나는 순백의 옷을 입고 흰 꽃 관을 머리에 쓰고 제단 앞으로 나아갔다. 손에는 희고 긴 초가 들려있었다. 나의 옷매무새를 고쳐주던 어머니가 "꼭 천사 같다." 하시었다.

성당에서 돌아오는 길, 흰 꽃을 매달고 있는 큰 나무 밑을 지나왔다. 나의 흰 옷 위로 어른거리던 정오의 햇빛과 야생목의 순결한 흰 빛, 그리고 성당의 큰 수반 속에 잠겨있던 흰 꽃의 무리, 그날 나는 순결한 빛 속에 내가 둘러싸여 있구나, 희고 깨끗한 나의 옷에 때를 묻히지 말아야겠구나 하고 생각하였다. 밭두렁에 피어있던 들 찔레 덤불도 희고 눈부셨다.

긴 세월에 파묻혀 아슴아슴 잊혀져가던 그날의 기억이 갑자기 살아나는 이유가 무엇일까. 나의 흰 옷은 이미 때가 묻은 지 오래인데 기억 속의 꽃과 나무의 모습은 어제인 듯 생생하다. 흰 빛을 그대로 지키고 있다.

차창 밖으로 집과 사람들이 보인다. 야생목은 어느새 눈앞에서 사라지고 없다. 만개한 야생목과의 아름다운 만남, 옛 기억으로의 황홀한 여행, 한차례 꿈을 꾼 것 같다.

앞으로 나의 여행길에서 또 만나지게 될 산비탈의 야생목, 어느 때는 룻소의 삼나무처럼 그렇게 청백하게 서있을 것이고 또 어느 때는 고흐의 해바라기처럼 열광적인 몸짓을 보여 주기도 할 것이다.

먼 후일 노목이 된 그 야생목과 내가 만나는 시간은 매달린 열매가 거두어 질 날을 겸허하게 기다리고 있는 어느 해질녘이었으면 좋겠다.

4 백양나무에게 다가가다

백양나무에게 다가가다

한차례 바람이 불었다. 백양나무 잎이 땅에 떨어진다. 좀 더 거센 바람이 불어왔다. 매달려 있던 마지막 잎들이 우수수 흩날린다. 어떤 것은 힘없이 내려앉기도 하고 어떤 것은 몸부림을 치며 바람 따라 가고 있다. 생명의 끈에서 분리되어 순식간에 죽은 존재가 된 나뭇잎들, 분리의 과정이 장엄하기도 하고 쓸쓸하기도 하다.

지금, 우포늪으로 새를 보러 가는 길이다. 바람 때문에 걸음을 멈추었다. 백양나무 한 그루가 바람에 부대끼고 있다. 초겨울 바람은 무언가를 재촉하는 듯 나무를 흔들어댄다. 늪에서 솟아오르는 새의 비상을 보기도 전에 마지막 옷을 벗고 있는 백양나무를 보고 있다.

백양나무는 아름다운 나무이다. 사계가 뚜렷한 나무이다. 흰 명주를 몸에 감고 있는 것 같은 깨끗한 줄기며 봄날의 눈부신 풋잎들,

여름날의 순결한 그늘과 가을 잎의 표표함 등, 봄, 여름, 가을의 찬란한 때가 지나고 나면 백양나무는 거느리고 있던 잎들을 미련 없이 떠나보낸다. 그리고 외롭고 엄격한 겨울나무가 된다.

측백나무 한 그루가 백양나무 옆에 있다. 측백나무의 모습은 백양나무와 영 다르다. 침침한 잎들을 완강하게 붙들고 있다. 덕지덕지 포개어져 있는 나뭇잎에 짓눌리듯 서 있다.

걸음을 떼어 놓았다. 몸이 무겁다. 팔도 다리도 자유롭지 못하다. 긴 외투며 목을 감고 있는 목도리와, 입을 덮은 마스크, 손에 낀 장갑과 목이 긴 신발 등, 한 점의 바람도 용납하지 않는 나의 옷차림이 문득 측백나무와 닮았다 하는 생각이 든다. 무거운 잎을 움켜쥐고 바람에 대항하는 측백나무처럼 나도 완전무장을 하고 초겨울 바람과 맞서고 있다.

나는 백양나무의 흉내를 내듯 입을 가린 마스크며 목도리와 모자를 몸에서 제거하였다. 머리카락이 흩날린다. 상쾌하다. 외투의 단추도 풀었다. 심장 가까운 곳에 햇빛과 바람이 자유롭게 들어온다.

백양나무의 빈 가지 사이로 먼 풍경이 보인다. 몇 겹으로 포개어 있는 산의 능선이며 산과 산 사이의 골짜기며 산비탈에 엎디어 있는 봉분들이 눈에 뜨인다. 먼 곳의 모습이 이제야 눈에 들어오는 것은 백양나무가 거느리고 있던 잎들을 모두 떨어내 버렸기 때문이다.

산과 산, 먼 들판, 나무의 끝가지 등, 비어있는 벌판과 비어 있는 나무들이 쓸쓸해 보이기도 하지만, 그러나 그것들은 우리가 닿을 수 없는 아득한 영원성에까지 연결되어 있다.

우포늪 쪽에서 또 바람이 불어왔다. 그 바람은 모든 것을 빼앗아 갈 것처럼 매우 거세다. 나는 온 힘을 다해 내게로 달려오는 바람을 막아내었다. 풀었던 목도리를 다시 두르고 장갑과 마스크를 꼈다. 머리 위에 모자도 쓰고 겉옷의 단추도 꼭꼭 채웠다. 아까의 우둔한 모습으로 나는 되돌아갔다. 이제 아무리 바람이 불어와도 끄떡도 않는 존재가 되었다.

새소리가 들린다. 고개를 든다. 하늘에 새가 떠있다. 방금 우포늪에서 솟아올랐을 것이다. 유유하게 창공을 지나가고 있다. 옷을 벗은 백양나무와 늪을 떠난 새들, 문득 깨닫는다. 백양나무의 아름다운 변신과 새의 비상을 바라만 볼 뿐 아무 짓도 할 수 없는 나 자신을.

나는 언제쯤이면 모든 것을 털어낼 수 있을까. 빈 몸, 빈 마음이 될 수 있을까. 비어 있는 것이 누리는 자유를 나도 누릴 수 있을까.

어느새 오후가 되었다. 하늘 위의 새들은 멀리멀리 날아가고 뼈와 뼈만 남아있는 백양나무는 겨울 정신을 수용하듯 가만히 서 있다.

거목은 어디 있는가

거목(巨木)은 노목(老木)과 다르다. 노목은 그저 늙어버린 나무이지만 거목은 노목보다 연륜은 짧을지라도 사방으로 가지를 뻗어가며 창공을 향해 높이 솟아 있어 그 모습이 당당하고 의연하다. 봄, 여름, 가을의 찬란했던 때를 지나고 마침내 겨울, 투명한 한천(寒天) 아래에 혼자 서 있는 거목의 모습은 고독한 영웅처럼 호기롭다.

우리는 일생동안 거목을 만날 수 있는 기회가 많지 않다. 아름답고 은혜로운 거목을 만나볼 수 있다면 그것은 삶의 축복이다.

사람들은 흔히 "우뚝 서 있는 거목의 기상과 정신." 하며 훌륭한 사람을 거목에 비유한다. 사회가 어수선할 때, 삶의 지표가 흔들리며 방황할 때, 깊은 예지와 통찰로 우리를 바른 길로 이끌어줄 수 있는 거목과도 같은 사람, 그런 정신이 그립다. 거목은 어디 있는가.

권력에 대한 집착과 욕망 때문에, 혹은 자신에게 유리한 위치를 확보하기 위해서는 타협과 결속이 눈 깜짝할 사이에 이루어진다. 서로 다른 목표를 향해 달려가던 사람들이 어떤 이익을 위해서는 어찌 그렇게 빨리 손을 잡고 동지가 될 수 있을까.

젊은이들의 대화를 들었다. "이제 우리는 어른들의 행동에서 더 배울 것이 없다."고 하였다. 기성세대의 삶의 모습을 염두에 둔 말이기도 하다.

정의로움에 대한 용기, 순수에 대한 고집, 아름답고 완전한 것에 대한 추구. 그리고 높은 이상, 이런 것을 꿈꾸며 또 공부를 하면서 젊은이들은 성장하고 있다. 어른들에게서 배울 것이 없다는 말은 이제 어른들의 모습 속에는 정의로움도 죽고 순수함도 죽고 아름답고 가치 있는 삶의 방식도 죽고 없다는 뜻 일게다. 즉 젊은이들의 눈에 비친 어른들의 어떤 작태를 두고 하는 말일 것이다.

민족 시인인 윤동주는 '죽는 날까지 하늘을 우러러 한 점 부끄러움이 없기를.' 하며 자기 자신을 엄격하게 다스려 왔다. 하늘아래 부끄러움이 없다는 것은 하늘을 향하여 당당하게 서 있는 거목의 삶과도 일치한다.

어딘가에 존재하고 있을 늠름하고 의연한 거목과도 같은 사람, 사방으로 푸른 가지를 뻗어가며 은혜로운 그늘을 만들고 있는 사람, 어떤 폭풍이 불어와도 무너지지 않는 거목과도 같은 사람, 그래서 우리에게 밝은 등불이 되고 있는 사람, 그 거목은 지금 어디 있을까.

나무 심는 남자 이야기

나무를 심기 위해 식물원 남자를 불렀다. 대문 안으로 들어선 그는 "사람이 살아야 할 집터를 나무가 차지하게 되었군." 하며 훤히 트인 마당을 둘러본다. 그리고 나무의 이름을 불러대며 집에 데리고 올 나무를 선택하라고 했다. 그 나무들 속에는 시골의 토담 옆이나 우물가에 있던 친근한 나무도 있고 산비탈이나 들판에서 혼자 자라고 있는 외로운 나무도 있었다.

그는 나무가 들어설 자리를 살펴보며 신이 나 있는 것 같았다. 그림을 그리기 위해 펼쳐놓은 새 캔버스 앞에서 구도니 색채니 하며 구상하고 계획하던 그 즐거운 기분과 같아 보였다.

꽃을 피우고 있는 산 능금나무며 모과나무를 보고 "함께 잘 지내고 있군." 하였고 아직도 소식이 없는 대추나무를 가리키며 나무 중에 제일 양반나무라고 하며 "곧 새 잎이 올 것." 이라고 말했다.

이른 봄부터 꽃과 향기로 호들갑을 떠는 다른 나무에 비해 대추나무만은 점잖게 있다가 순서가 되면 조용히 잎을 피운다는 것이다. 현란한 꽃은 없지만 영롱한 열매는 사람에게 유익한 약용으로 쓰이며, 조상의 제사상에도 올라가니 그 격이 나무 중의 으뜸이라고 했다.

나는 양반나무라고 하는 말도 그렇거니와 "잎이 온다."고 하는 말이 참 우아하게 들렸다. 그는 이전에도 이런 말을 했던 것 같다. 홍매화의 분홍빛 새 움을 보고 "꽃이 오고 있군." 했으며, 잎사귀에 가리어진 앵두 열매를 찾아내고는 "벌써 열매가 오셨군." 하였다.

그는 나무에 물이 오르는 순서며 개화의 기쁨과 낙화의 아픔까지도 알고 있는 듯 했고, 나무에 달리는 꽃순이나 열매를 먼 곳에서 찾아오는 빈객처럼 맞이하는 것 같았다. 그는 겨울잠을 자고 있는 살구나무 곁에서도 새해에 열매를 많이 거느릴 것이라고 했고, 참죽나무를 보고는 저놈은 키가 석 자나 더 자랄 것이라고 예언을 하였다.

우리는 나무에 대한 이야기를 자주 한다. 그때마다 그는 사람의 말을 나무가 듣고 있다고 생각하는 듯 목련꽃 이야기를 할 때면 목련나무를 쳐다보고, 백일홍 이야기를 할 때면 야윈 가지를 소소하게 떨고 있는 백일홍을 돌아본다. 또 매실 열매가 형편없다고 내가 흉을 보면 손을 설레설레 흔들며 만류를 한다. 열매를 가리킬 때도 손가락질을 하면 안 된다고 하였다. 방정맞은 행동 때문에

열매가 부정을 탄다고 했다

자식들의 공부를 위해 도시로 나왔을 때 처음 선택했던 미장이 일을 이 년 만에 때려치운 것은 나무와 흙에 대한 그리움 때문이라고 했다. 독한 돌가루를 분칠하듯이 벽에 바를 때마다 포실한 흙 생각이 자꾸 났다고 했다. 그래서 새로 바꾼 직업이 식물원에서 나무를 심는 일이라고 말한다.

한 번은 고향에 다녀오는 길이라며 두릅나무와 오가피나무의 묘목을 갖다 주었다. 나는 응접실에 놓여있던 베고니아 화분을 그에게 건네었다. 잠자리 날개 같은 꽃 이파리를 애처로운 듯이 내려다보며 베고니아의 꽃 이름을 자꾸만 "배꽃이야." 라고 발음하였다. 그가 진정 곁에 두고 싶어 하는 것은 생소한 서양 꽃이 아니고, 고향집 뜰에서 자주 보던 분꽃이나 맨드라미 같은 것이 아니었을까.

그는 다른 식물원 사람들처럼 고가의 상록수나 큰 나무를 심으라고 권하지 않는다. 나무란 것은 자라는 것을 보는 재미가 더 큰 것임을 우리에게 깨우쳐 준다. 푸른 잎을 항시 매달고 있는 측백나무나 향나무 같은 것보다 계절의 왕래가 뚜렷한 나무들을 우리가 좋아하게 된 것도 그의 영향일 것이다.

나는 아담한 과원, 거기 피고 지는 겸손한 나무들을 나의 뜰에 가꾸고 싶다. 산비탈에 혼자 서 있던 야생목의 자유로움을 곁에 두고 싶다. 돌감나무, 돌배나무 등 그 토종의 의지를 옆에서 바라보고 싶다.

앞으로 그에게 대나무 몇 그루를 심어 달라고 할 것이다. 억센 왕대가 아니고 시누대 몇 개를 구해 달라고 할 것이다. 세죽(細竹)의 댓잎이 머금고 있는 빗소리, 나부끼고 있는 댓잎소리, 대나무의 그림자가 드리워질 지창(紙窓)이 나의 집에 없는 것이 아쉬울 뿐, 대나무는 언제나 바람소리를 내며 우리 곁에 서있을 것이다.

오늘도 나는 온 몸에 흙냄새를 풍기고 있는 노인에게서 나무에 대한 지식을 배우고, 나무에 대한 애정을 배운다.

미루나무와 까치집

미루나무에 얹혀 있는 까치집을 보았다. 지난 해 겨울에는 나목만 쓸쓸하게 서 있었는데 이번에 가보니 둥근 까치집이 얹혀 있다. 미루나무 옆에는 빈 집 두 채가 무너질 듯 서로 기대어 있고 곁에 있는 강은 물이 말라 있었다.

사람의 모습은 사라지고 껍데기만 남아있는 남루한 폐가와 새로 둥지를 튼 까치의 새집, 허망하기도 하고 미소롭기도 하다. 바람 부는 들판, 황량한 강가, 사람이 떠나버린 빈집, 이런 곳에 까치가 거처를 정한 이유가 무엇일까. 명당 자리일까.

오래 전 우리도 빈 땅에 집을 지었다. 새들이 마당에 날아왔었다. 참새도 오고 비둘기도 오고 까치도 왔었다. 나는 그것들이 우리 집 나무 위에 집을 짓기를 바랐었다. 그러나 새들은 집을 짓지 않았다. 명당이 아니었을까.

내가 굳이 정처 없는 새들에게 나의 영토를 내어주고 싶었던 것은, 집 없는 존재들이 한 울타리 안에서 오순도순 살아가기를 바랐던 것은 어떤 남자의 말 때문이었다. 집이 완성되고 마지막으로 페인트칠을 할 때였다. 지붕 위에 올라가 칠을 하고 있던 남자가 벌떡 일어서더니 "높은 곳에서 내려다보니 많고 많은 것이 집인데 내 집은 없네." 하며 소리를 질렀다.

아름답게 치장이 되어 가는 새 집을 황홀하게 올려다보고 있던 나는 그 남자의 말에 가슴이 뜨끔하였다. 넓은 땅에 집을 짓고 있는 우리의 행위가 괜히 죄를 짓고 있는 것 같은 마음이 들었다.

이제 이십여 년이 지난 지금, 그 남자는 고대광실 같은 집 한 채를 마련하였는가. 아니면 아직도 남의 집만 예쁘게 칠을 해주며 지붕 위에 올라 갈 때마다 집 타령을 하고 있는가.

외로운 까치집을 보고 돌아온 후, 나는 다시 우리 집 나무 위에 새가 집을 짓기를 희망하였다. 집 없는 그것들에게 집터 한 자락을 내어주고 싶었다. 마당가에 있는 은행나무며 살구나무에 새의 거처를 마련해 주고 싶었다. 우리 집 마당을 집 없는 미물들에게 개방하고 싶었다.

나는 이런 선한 생각을 하며 뜰에 내려섰다. 잔디 위에 앉아 있던 참새 떼가 나의 기척에 놀란 듯 우루루 달아나 버린다. 어디서 벌레 소리가 들린다. 필시 바위 밑에 거처를 정한 가을벌레일 것이다. 벌레소리가 뚝 그친다. 인간의 접근을 용납하지 않는 작은 생명들,

사람과 그들과의 관계 개선은 요원하다.

고양이 한 마리가 담 밑에 앉아있다. 나의 행동을 관찰하는 듯 지긋이 보고 있다. 매서운 눈초리와 웅크린 몸, 감추고 있을 날카로운 발톱 등, 징그럽고 싫다. 나는 소리를 질러대며 고양이를 집에서 쫓아내었다. 고양이는 다리야 날 살려라 하며 담을 타고 앞집으로 넘어가 버렸다.

우리 집에 거처를 정하고 싶어 눈치를 보고 있는 고양이에게 가한 나의 행동, 조금 전까지 마음속에 품고 있던 선한 마음은 순식간에 내게서 사라지고 말았다.

황량한 강가에서 본 외로운 까치집, 그 쓸쓸한 모습은 잠시 머물다간 풍경 한 자락이었던가. 가슴속에 솟아오르던 선한 생각은 잠시 팔랑이는 기분에 불과했던가.

나의 의식 속에 잠재해 있는 이중성, 이런 마음의 정체를 나도 알 수가 없다.

세상 한가운데 서 있는 나무

시골에 있는 마르타 부인 댁을 방문했을 때였다. 산골의 아침, 나무에 달린 붉은 과일은 햇빛에 반짝이고, 숲에서 울고 있는 들새의 소리가 아침 공기를 뚫고 들려온다.

그날, 마르타 부인이 산책을 나가자고 제안을 하였다. '이 세상 한가운데 서 있는 나무'를 보러 간다는 것이다. 서쪽 산너머 평원 속에 거목이 있는데 그 나무를 옛부터 그렇게 부른다고 했다.

길 옆에는 국화가 피어 있다. 이곳에서는 국화를 망인(亡人)의 동산에 바치는 꽃으로 알고 있다. 멀리 크렘스 강의 줄기가 보이고, 수도원의 창문이 햇빛에 반사되어 번쩍이고 있다. 산이 끝나자 초원이 펼쳐진다. 이곳의 초원은 그저 풀밭이 아니다. 목초의 재배지로 곳곳에 건초를 저장하는 작은 목가(木家)가 있고 곁에 가면 마른 풀의 쓸쓸한 냄새가 난다.

사과나무가 숲을 이루고 있는 과원(果園) 끝에 농가가 있다. 아이를 유모차에 태우고 가던 젊은 부인이 "그뤼쓰 곳트" 하며 인사를 한다. 하느님 찬미라는 뜻이다. 모르는 사람끼리도 눈이 마주치면 인사를 건네는 풍습, 아름다운 행위이다.

얼굴을 붉히며 미소를 짓는 여인은 이곳 농부의 부인인가 보다. 개조되지 않은 옛 농가의 뜰에 방목된 거위들이 돌아다니고 버찌나무에 매인 빨랫줄에는 아이들의 속옷이 깃발처럼 펄럭이고 있다.

넓은 수림(樹林)을 지나자 갑자기 확 트이는 평원. 멀리 길이 끝나는 곳에 한 그루 나무가 서 있다. 우리가 찾아가는 나무이다. 나무 곁으로 가는 길은 아직도 멀다.

나무가 차츰 눈앞에 다가온다. 이곳에서 흔히 보는 가스타냐 나무이다. 우리나라의 동구 밖 어디서나 볼 수 있는 수령이 높은 느티나무의 모습을 하고 있다. 느티나무 아래 반석이 있고 거기 모여들던 촌로들처럼 이 나무 아래에도 목 의자가 놓여있고 사람이 머물다 간 흔적이 보인다.

왜 이 나무를 '이 세상 한가운데 서 있는 나무' 라고 했을까. 지구가 둥글다는 것을 모르던 시절부터 존재했던 나무일까. 아득한 평원 속에 갇혀 있던 옛 사람들은 이곳을 세상 한 가운데 중심으로 알고 있었던 것일까.

우리는 나무 밑에서 스케치도 하고 노래를 부르기도 했다. 가까이 있는 주점(酒店)에서 나온 남자가 우리를 향해 걸어온다. 동양 사람을 처음 보는 모양이다. 순박한 농부의 티가 드러나는 그의 몸에서 풀냄새가 났다.

얼굴이 붉고 큰 손을 가진 농부에게 나는 손을 내밀었다. 여자가 먼저 손을 내밀고 악수를 청한다는 것은 상대를 신사로 인정한다는 뜻이 포함되어 있다. 농부는 돌연한 나의 행위에 어쩔 줄 몰라 하며, 그러나 반가운 얼굴로 동양 여인의 손을 잡는다. 서로 인사를 나눈 우리는 이 세상 한가운데 서있는 나무와 농부와 함께 기념사진을 찍었다.

주점 안으로 들어갔다. 벽에는 수레의 옛 바퀴며 마른 옥수수 뭉치, 사슴의 뿔 같은 것이 장식되어 있다. 그는 동양에서 온 우리를 환영한다고 하며 이 식탁은 자기가 초대하는 자리라고 강조한다. 이곳에서의 초대는 모든 음식값을 자기가 지불한다는 의미를 담고 있다. 그는 술집도 함께 경영하고 있는 것 같았다.

붉은 포도주와 함께 바구니 가득 빵과 과일을 담아 온다. 이곳 농부들이 즐겨 먹는 검은 빵이다. 보리로 만든 흑빵을 잘라 버터와 꿀을 바르며 우리는 농부의 인정에 고마움을 표시하였다.

'세상 한가운데 서있는 나무'를 보기 위해 먼 동양에서 극성스럽게 찾아온 것으로 알고 있는 농부는 우리를 빈객처럼 맞이하며 자가제조의 술과 음식으로 대접을 하고 있다.

나무자랑을 하고 있던 농부가 갑자기 쓸쓸한 표정을 지으며 지금은 아무도 나무를 찾아오지 않는다고 말한다. 그리고 이 나무 밑에

서 성장한 아이들도 어른이 되면 넓고 먼 다른 세계를 찾아 떠나가 버린다고 했다.

해가 지는 시간까지 우리는 나무의 둘레를 돌며 우리도 세상 한가운데 서 있는 것으로 착각하기도 하고, 아득히 먼 동쪽, 가파른 산비탈에 서 있는 우리의 소나무들을 생각하기도 하였다.

나무 밑에 떨어져 있는 열매를 주웠다. 한국의 밤톨만한 가스타냐 열매는 비누를 만드는 원료로 쓰인다고 한다. 나는 이 열매를 다른 기념품과 함께 고국에 갖고 갈 것이다. 처음이자 마지막으로 만난 이곳 농부의 인정을 심듯이 우리의 땅에 심어볼 작정이다.

한량없는 세월에 겸양을 품고 세상 한가운데 서 있는 나무, 그 나무는 사람들을 유인하기도 하고 또 다른 곳으로 떠나보내기도 한다.

소사나무의 뼈

늦가을, 수목원에 갔다. 나무들이 옷을 벗고 있다. 마른 잎 몇 개가 남아있는 분재 앞에서 걸음을 멈추었다. 잎을 만져 보았다. 바스락 소리가 났다. 부서졌다. 나무의 둥치가 용트림을 하듯이 굽이치고 있다. 이름이 무엇일까, 팻말을 읽었다. 소사나무라고 적혀 있다.

청춘 남녀가 다가온다. 서로 손을 잡고 희희 낙낙해 하며 소사나무 곁으로 왔다. “참, 멋이 있네.” “죽어버린 것 같은 고목(枯木)에 새잎이 나올까요.” 처녀가 한 말이다. “와, 오래 살았네.” “너무 늙어 뼈만 남아 있군.” 이 말은 청년이 한 말이다. 수령이 칠십 년이라고 쓰여 있다.

한 바퀴 획 둘러본 그들은 바쁘게 떠나갔다. 혼자 남았다. 나는 소사나무 분재 앞에서 젊은이들의 힘 찬 걸음도 생각하고 “오래 살았네.” 하던 말도 생각했다. 칭송의 말 같기도 하고 그렇지 않은 것 같기도 하였다. 뼈만 남았다고 하던 청년의 말을 떠올리며 줄기를 만져보았다. 딱딱하고 완강하다. 생명의 진이 다 빠져버린 뼈와 같다 하는 느낌이 들었다.

집에도 어린 소사나무 한 그루가 있다. 뽕나무와 나란히 있다. 가야산 가까이 있는 서원(書院)에서 얻어 왔다. 가야산 위에 내려앉는 노을을 구경하다가 서둘러 돌아오는 길이였다. 차창 밖으로 고색창연한 기와집이 보였다. 옛 서원이었다. 지붕 위에 노을이 얹혀 있다. '석양 밑에 좀 더 머물러 있자.' 하는 기분으로 그곳으로 갔다. 오래된 나무들만 있을 뿐 서원 안도 서원 바깥도 텅 비어 있었다.

한 남자가 보였다. 방금 서원에서 나온 듯 책 몇 권을 들고 있다. 나무 꼭대기에 걸려있는 노을을 보고 있는 것일까. 고개를 들고 있다. 체크무늬의 윗옷을 입고 있었다. 나뭇잎 몇 개가 체크무늬 옷 위에 떨어졌다. 옛 서원과는 어울리지 않는 옷차림, 그 기하학적인 무늬와 생명의 끈에서 분리되어 내려앉는 죽은 나뭇잎, 잿빛 하늘에 남아있는 석양, 그런 관계들이 묘한 슬픔을 일으킨다.

남자에게 다가갔다. 이외로 나이가 많아보였다. 나무의 이름을 물었다. 소사나무라고 했다. 나는 “소슬한 이름이네요.” 하였다. 남자는 “소슬한 것이 어찌 나무의 이름뿐이겠소. 퇴락해 가는 서원도 소슬하고 텅 비어있는 마당도 소슬하지요. 오래된 소사나무의 모습은 더욱 소슬하지요” 하였다. 그리고 “소사나무가 탐이 나시

오?” 하며 고목 밑에 있는 새끼 나무 한 그루를 뽑아주었다. 나를 따라온 소사나무를 뽕나무 곁에 심었다. 처음에는 몸살을 하는 것 같더니 이내 뿌리를 내리기 시작했다. 차츰 태깔이 나고 몸매도 정리가 되었다. 아름다운 나무가 될 조짐을 보이고 있다. 아직 바람 소리는 내지 못하지만 봄이 오면 새 잎이 돋아나고 가을이 되면 잎이 떨어지는 순서를 지키고 있다.

오늘 나는 늙은 소사나무의 분재를 보며 우리 집 소사나무의 어린 생명을 생각한다. 여린 줄기가 굵고 단단한 뼈로 형성되어가는 그 장엄한 과정을 생각한다. 칠십 년의 세월이 흘러가면 우리 집 소사나무도 뼈만 남은 모습으로 늦가을 바람 속에서 떨고 있을 것인가.

나는 우리 집 소사나무를 분재로 키울 마음은 추호도 없다. 비좁은 공간 위에서 몸을 비비꼬며 성장하는 모습을 보는 것도 가슴 아프거니와 우울한 뼈를 사람들 앞에 드러내 보이며 칭송을 받게 할 마음은 없다. 생명을 지탱하기 위해 낮게 몸매를 웅크리며 절제하고 마침내 강물처럼 굽어지는 소사나무의 의지, 그 차갑고 엄격함, 나는 우리 집 소사나무에게 그런 삶을 살게 하고 싶지 않다. 창공을 향해 높이 솟아오르는 가벼움을 주고 싶다. 바람과 같은 자유를 주고 싶다.

앞으로 나는 소사나무 곁에 갈 때 마다 그의 본향인 서원도 생각하고 옛 선비들이 소사나무를 심은 뜻도 생각할 것이다. 나무의 끝가지에 남아 있던 마지막 노을도 생각할 것이다. 그리고 후일, 우리 집 소사나무가 아름다운 거목이 되었을 때의 이 세상에서의 나의 부재(不在)도 생각할 것이다. 산과 물을 만나러 달려가고 산빛, 물빛을 옷자락에 묻히며 돌아오던 날들의 분주함, 그 기쁨도 생각할 것이다.

"소사나무" 하고 이름 한 번 불러보면 소슬한 느낌 한 자락이 솟고 나무 끝에 바람이 부딪치면 '쏴쏴' 소리를 내며 몸을 흔들고 있을 우리 집 소사나무, 그런 날, 연령과 관계없이 나도 멋진 체크무늬의 젊은 옷을 입고 소사나무 밑에 한 번 서 있어 볼까. 소사나무와 나란히 서서 몸부림치고 있는 석양을 한 번 올려다볼까.

산꼭대기 나무

내밀한 생각 하나에 사로잡혀 있다. 나를 사로잡고 있는 것은 우리 집 창가에서 올려다 보이는 앞산 꼭대기, 그 높은 곳에 있는 나무가 나를 붙들고 놓아주지 않는다. 나무의 형체만 멀리서 보일 뿐 무슨 나무인지 알지 못한다.

집터를 구하러 다니던 젊은 시절, 앞산과 처음 만났었다. '산이 저기 있네.' 하며 최초로 산을 가까이서 보았었다. 산밑에 있는 집터를 두 번째 찾아갔을 때였다. '높고 아름다운 산이네.' 하고 산의 모든 것을 고개를 들고 우러러보았다. 산 위의 나무들도 그때 처음 눈에 들어왔었다. '산밑 동네에서 살면 하루에도 수십 번씩 산꼭대기와 눈이 마주 치겠네.' 이런 생각도 하였다.

산 아래에 집을 지었다. 엄밀히 말하면 산자락이라고 하는 것이 옳겠다. 앞산과 나와의 관계는 그렇게 시작되었다. 하지만 나는 집을 짓는 일, 집을 지키는 일, 자식들을 바라보는 일 등 땅 위의 삶 때문에 산꼭대기에 있는 존재들에게 관심을 가질 겨를이 없었다.

아침 산의 빛남과 저녁 산의 적막함, 비오는 날, 빗줄기 사이로 어른거리는 젖은 산의 모습, 비가 그친 후 더욱 푸르러진 산 빛이며 산정을 희롱하고 있는 흰 안개 떼가 매우 눈부셨지만 나는 그것들을 언뜻언뜻 보았을 뿐, 이내 땅 위로 눈길을 돌렸었다. 그렇게 이십칠 년이 흘러갔다.

이제 집에 있는 시간이 많아졌다. 산을 보는 시간도 길어졌다. 어느 날, 하염없이 앞산을 보고 있을 때 산 위의 존재들이 갑자기 의식 속을 비집고 들어 왔었다. 산 위의 흙, 산골짜기의 물, 산비탈에서 불고 있을 바람, 그러나 무엇보다도 나를 사로잡은 것은 산꼭대기에 살고 있을 나무들이었다.

무슨 나무일까, 어떤 모습일까, 나무의 이름이 무엇일까, 소나무일까, 굴밤나무일까, 느티나무일까, 하고 거기 있을 나무들을 상상해 보았다. 심지어 산딸나무, 마가목, 때죽나무 하며 내가 우리 집에 심고 싶었던 나무의 이름까지 불러대며 산꼭대기에 살고 있는 나무들을 그려보기도 했다.

내가 산 밑에서 아이들과 함께 신이 나 있는 동안, 아이들을 떠나보내고 또 맞이하느라 분주해 하는 동안, 그리고 산 밑에서 조금씩 늙어가고 있는 동안, 산꼭대기의 나무들은 어떤 삶을 살고 있었을까, 아름다운 거목이 되었을까, 아니면 불어오는 비바람에 무너져 내리고 있을까, 궁금하였다.

땅위의 나무는 바람이 불 때마다 온몸을 흔들고 있는데 산 위의 나무들은 아무 움직임이 없는 것처럼 보인다. 부동의 자세로 천년이고 만년이고 끄떡도 않는 앞산처럼 산꼭대기의 나무도 그런 삶을 살고 있는 것일까.

산꼭대기의 나무들을 만나보고 싶었다. 그들 곁으로 다가가서 이십칠 년간의 격조했던 인사를 나누고 싶었다. 산 위로 올라가는 길을 모색하였다. 어떤 이는 케이블카를 타고 올라가라 하였고 어떤 이는 산을 정복하는 등산가처럼 쉬엄쉬엄 걸어서 찾아가라고 한다.

흔들리는 케이블카에 얹혀 높이 오르는 일은 상상만 하여도 머리가 어지럽다. 또 등산모자, 등산복, 등산화 등으로 무장을 한 후, 등산 작대기를 짚고 올라가는 방법도 있겠지만 목적지의 반의 반도 못 가서 숨이 차 주저앉을 것만 같았다. 힘도 생각하고 시간도 생각하였다. '이룰 수 없는 꿈이다.' 하는 마음이 자꾸 들었다. 그 불가능의 결론을 마음속에 수용하기까지 긴 시간이 필요했다. 힘의 한계에 대한 슬픔도 솟아올랐다.

지금은 오후, 늦은 햇빛이 산꼭대기를 물들이고 있다. 나무들이 빛나고 있다. 산에서 날아온 새 한 마리가 매화가지에 앉는다. 팥알 같은 꽃봉오리를 작은 입으로 쪼아댄다. '벌써 봄이구나.' 하며 새에게 다가가고 있는 사이, 새는 도로 산으로 올라가 버린다.

어느새 어둠이 내리고 산의 능선이며 산의 형상이 잿빛으로 변한다. 하늘과 땅이 한 덩어리가 된다. 하늘과 산의 경계가 무너진다. 나도 어둠 속에 파묻힌다. 이 일이 순식간에 일어난다.

이윽고 별 하나가 솟고 산에서 불어온 바람이 땅위의 나무를 흔들고 있다. 지금쯤 산꼭대기의 나무들도 밤잠을 잘 준비를 하고 있을 것이다.

대숲에는 바람 소리가

"대나무 숲에 가면 댓 피리 소리가 나고 소나무 밭에 가면 솔바람이 일고 어미 가슴속에는 한숨 소리만 난다."

어린 시절, 할머니께서는 나를 등에 업고 마루를 서성일 때마다 이런 노래를 입으로 흥얼거리셨다. 그때마다 나는 할머니의 따뜻한 등판에 엎디어 대나무 숲에 가서 댓 피리 소리를 듣자고 조르기도 하고 솔밭에 가서 솔바람을 잡자고 떼를 쓰기도 하였다.

좀 더 자라서는 동네 아이들과 어울려 떼 지어 날아가는 갈가마귀 뒤를 따라 "앞에 가는 도둑, 뒤에 가는 순사." 하고 소리소리 지르며 노을이 깔린 대숲을 향해 남강을 건너가곤 하였다.

대숲에는 지저귀는 새 소리와 댓잎들이 어울려 어스름 속으로 잦아들고 한차례 바람이 일면 대숲은 일제히 몸을 흔들며 피리소리를 내다가 다시 정적 속으로 파묻혀 버렸었다.

그때 듣던 대숲의 바람소리는 바로 고향의 소리이다. 사람은 누구에게나 잊혀 지지 않는 소리가 있다. 바닷가를 떠나 온 사람은 파도소리를, 산에서 내려 온 사람은 산허리를 훑고 지나가던 솔바람 소리를, 기차 길가에 살던 사람은 새벽녘의 기적소리를 잊지 못한다. 항구에서 살던 사람은 긴 뱃고동 소리를 꿈속에서 듣기도 한다.

허망한 욕망에 얽매어 기로에서 방황할 때, 자신만만하던 성취의 문이 절망으로 닫힐 때, 우리는 눈을 감고 고향의 소리를 찾는다. 그 소리 안에는 고향의 산야가 있고 강벌이 있다. 교오에 물들지 않고 오욕에 부서지지 않았던 순수한 모습이 있다. 고향의 소리는 바로 어머니의 목소리이다.

우리는 지금 넘쳐나는 소리의 범람 속에 살고 있다. 절제되고 화합되지 않는 사람들의 고함 소리, 자기의 아집만을 주장하며 오기를 부리고 있는 사람들의 공허한 소리는 우리를 피곤하고 지치게 한다. 소등되어 가는 저녁거리에서 외치고 있는 장사꾼의 목쉰 소리는 우리를 우울하고 슬프게 한다.

참으로 아름다운 소리란 우리에게 다가와서 잠들어 있는 영혼을 일깨워 주기도 하고 혹은 불면의 밤을 고요히 닫아주기도 하는 것.

'바람이 대나무 밭에 일면 대숲에는 바람소리가 난다. 그러나 바람이 지나고 나면 대나무 밭에는 소리가 남지 않는다.' 『채근담』

의 한 구절이다. 삶의 고갯마루에 바람이 와서 부딪치면 구름 같은 오뇌가 가슴에 일어 괴롭고 바람이 지나가고 나면 그 적막함에 또 못 견디어 하는 사람의 간사함, 그것을 어찌 대숲에 일고 있는 바람소리의 순결한 의지에 비교할 수 있겠는가.

세월이 지나갈수록 도시화의 세력에 밀려 그 영토가 점점 좁혀져 가고 있는 남강가의 대숲, 이 가을에도 바람은 대숲에서 피리소리를 내고 있을까.

산딸나무를 찾아 헤매다

식물원에 갈 때마다 "산딸나무 있어요?" 하고 물어보았다. 없다고 하면 "식물원에 산딸나무가 없다니." 하며 마음속으로 흉을 본다. 이런 나를 보고 남편은 "또 산딸나무 타령이군." 하며 핀잔을 준다.

넓은 나무숲을 가지고 있는 김 여사와 시외 전화를 할 때도 "산딸나무가 있어요." 하며 물었다. 있는 것 같기도 하고 없는 것 같기도 하다며 한 번 만나 같이 찾아보자고 했다. 그러나 먼 곳까지 달려갈 시간이 없었다.

한 번은 교외에 있는 식당에 갔다. 삼계탕 집이였다. 뜰에 나무가 많았다. 아, 거기 나무들 속에 흰 꽃을 너풀거리고 있는 나무, 산딸나무였다. 그날 나는 삼계탕을 먹기 전에 또 먹은 후에도 산딸나무 밑에 오래 서 있었다.

지난 늦가을, 헐티재 가는 길의 어떤 식물원에 산딸나무가 있다는 말을 들었다. 즉시 갔다. 주인은 나무의 잎이 모두 떨어져버려 가려낼 수가 없다고 했다. 봄이 되면 큰 돈을 받고 팔려는 눈치였다.

내가 굳이 산딸나무를 탐을 내는 것은, 또 우리 집 뜰에 심고 싶은 것은 화단에 서있는 성모상 맞은 편이 매우 허허하기 때문이다. 전설에 의하면 산딸나무로 십자가를 만들었다고 한다. 그래서 결코 화려한 꽃을 피울 수 없는 산딸나무는 열매의 바침이 십자 모양으로 꽃처럼 피어난다고 했다. 그런 의미의 산딸나무 한 그루를 마리아상 맞은 편에 심고 싶었다.

한 해가 지나갔다. 이미 파둔 빈 구덩이를 볼 때마다 남편은 다른 나무를 심자고 했고 나는 산딸나무를 구할 때까지 기다려보자고 했다. 우리는 이 일로 실랑이를 몇 번 하였다.

올 초봄, 운문 댐 물 구경을 하고 돌아올 때였다. 산골학교 옆을 지나왔다. 잘 가꾸어진 나무숲이 보였다.

작은 동산에 화살나무, 조팝나무, 홰나무, 층층나무 등, 나무가 많이 있었다. 그리고 거기 산딸나무가 있었다. 잎들은 아직 트지 않았지만 나무마다 이름표가 달려 있다. 나무 손질을 하고 있는 노인이 보였다.

나무 곁을 서성이는 나에게 그가 먼저 물었다. "나무를 좋아 하시오?" 하였다. 그리고 홰나무 끝을 가리키기도 하고 벽오동나무의 몸통을 만지며 벽오동 나무의 비오동 나무의 차이점을 설명해 주었다. 나무에 대한 해박한 지식이며 연륜이 교장 선생님 같았다.

나는 산딸나무 이야기를 꺼내며 나무를 구할 수 있는 방법을 물었다. 귀한 나무이기 때문에 흔하지 않다고 하며 있는 곳을 알려주었다. 그는 덧붙여서 마당에 보리똥 나무 한그루도 심어보라고 했다. 그 나무는 지난 해에 이미 심었었다. 우리는 보리똥 나무의 꽃과 열매에 대한 말을 많이 하였다.

다음 날, 그가 일러준 식물원을 찾아갔다. 수성 못 밑이었다. 문을 들어서면서 큰 소리로 주인을 찾았다. 빨간 샤쓰를 입은 젊은 남자와 늙은 여자가 나왔다. 모자간인 것 같았다.

산딸나무 곁으로 나를 인도하던 여자가 고향인 진주 남강 가에서 갖고 온 나무라고 하였다. 귀가 번쩍 뜨이었다. 그리운 내 고향, 남강의 푸른 물과, 고향 땅을 지키고 있는 온갖 존재들이 생각났다. 우리는 곧 고향 사투리를 거침없이 해대며 인사도 나누고 타관에 살게 된 내력들도 말하였다. 그는 나무장사를 하는 남편을 따라 살다보니 재산은 일구었지만 몸과 마음은 이미 골병이 들었다고 하였다. 자기 세대가 끝나면 자식들은 몽땅 팔아치울 것이라 하며 쓸쓸한 표정을 지었다.

그는 생강차 한 잔도 주고 또 산딸나무 한 그루도 공짜로 주었다. 고향 사람에게 선물하고 싶다고 했다. 사양하는 나에게 그는 자주 만나 고향 이야기나 실컨 하자고 하였다, 여자도 고향에 대한 그리움에 목말라 있는 것 같았다.

산딸나무는 이렇게 내게로 왔다. 나는 산딸나무를 대문 안에 데리고 들어와 제일 먼저 성모 마리아상 앞으로 갔다. “이 나무가 예수님의 십자가를 만들었다는 산딸나무예요” 하며 인사를 시켰다. 그리고 “드디어 우리는 한 가족이 되었구나.” 하였다.

비어있던 구덩이에 정성껏 나무를 심었다. 해가 질 때까지 하였다.

나는 어둠 속으로 묻혀가는 산딸나무와 나란히 서서 이천 년 전 골고다 언덕에 세워졌던 십자가의 의미를 생각하였다.

은목서, 그 맑은 향기

1판 1쇄 발행 | 2011년 6월 10일

지은이 | 정혜옥

발행인 | 이선우

펴낸곳 | 도서출판 선우미디어

등록 | 1997.8.7 제300-1997-148호

110-070 서울시 종로구 내수동 75 용비어천가 1435호

T. 2272-3351, 3352 F. 2272-5540 sunwoome@hanmail.net

값 8,000원

ISBN 89-5658-280-1 03810